ダー先生はおちこぼれ？

ベイルート日本人学校 最後の教師

原田淑人

文芸社

ダー先生はおちこぼれ？　ベイルート日本人学校最後の教師――目次

（カバー裏写真　シキホール島のコテージ）

プロローグ

運河の畔を歩いていると、向こうからおじいさんとおばあさんが仲良く手をつないでやってくる。とても微笑ましい光景なので、思わずにこっと笑ったら、「ダーア」と声をかけてきた。「ダーア」はオランダ語で「ハーイ」とか「やあ」とかいう軽い挨拶だ。あわてて、こちらも「ダーア」と返した。

ふとその時、昔、コマーシャルで、ダークダックスがやっていたのを思い出した。お寺の階段を四人が上がって行く。上から、背中にかごを背負ったおばあさんが降りてくる。すれ違う時におばあさんは頭を下げて通り過ぎる。ダークの四人はすれ違った後にそれに気づいて、あわててお辞儀を返す。とてもさわやかなコマーシャルだった。

オランダに来て間もない頃だったので、このおじいさんたちとのさわやかな出会いが強烈な印象として残った。オランダが好きになった。それからも見ていると、オランダの人はエレベーターの乗り降りの時も、眼が合うと互いに、「ダーア」と挨拶を交わしたりすることを知った。

ところが、日本に帰ってみると、子どもたちが挨拶をほとんどしない。クラスの子どもでもしない子もいる。他のクラスや他の学年にいたってはほとんど挨拶をしない。そこで、このオランダ人の挨拶を折りにふれてしていった。そして、

「原田先生と会ったら『ダーア』でいいからあいさつしてね」

と結んだ。それから子どもたちは、廊下や階段で会うと「ダーア」と声をかけてくるようになってきた。私も「ダーア」と言った子には「ダーア」と返す。「おはよう」と言った子には「おはよう」だ。

そのうち誰かしら、原田先生と言わず、ダー先生と呼ぶようになってきた。原田先生よりもダー先生の方が呼びやすい。名前の呼び方って不思議だ。子どもたちとの距離がぐんと近づいたような気になる。

ダー先生…大好きな名前だ。

ダー先生ベイルートへ

一九七五年四月十九日、いよいよベイルートへ出発だ。羽田空港にはこの三月卒業したばかりの六年生(新中学一年生)、SHK放送部の先輩たち、学校の仲間、親戚、友人合わせて百人を超える送別の人でにぎわい、他のお客さんが何事かと驚いている。気恥ずかしいが期待の大きさも感じる。その中でピカピカの制服姿の卒業生の姿が一際目を引く。

「先生、いってらっしゃい。元気でね。小百合ちゃんもがんばるんだよ」

「うん、いってくるね、バイバイ」

四歳の小百合は、初めての飛行機に乗れる嬉しさと大勢の見送りに興奮して顔が真っ赤だ。ダー先生たちを乗せたパンアメリカンは十八時ちょうどに離陸。途中、香港、バンコク、デリー、カラチ経由で二十二時間かかってベイルートに到着。子どもたちが小さいので他のお客さんに迷惑をかけないようにと、行きつけのお医者さんにお願いして、小児用の睡眠薬を持ってきたのだが、飛行機が割とすいていたので、子どもたちも騒ぐ事なく無事にベイルートに到着した。

ベイルート時間午前九時三十分。赤っぽい砂の向こうに真っ青な地中海が目に飛び込む。白い岩が夏のような強烈な陽射しに照らされてまぶしい。しかし、風は海風なのか涼しい。

タラップを降りようとしたら、

「ハラダセンセイ、ドコデスカー」の声。

「ハーイ、ここですよ」

声のした方を見ると、タラップの下にレバノン人らしき人がこちらに向かって笑いながら手を振っている。これが後にダー先生の親友となるアリさんとの運命的な出会いだった。この日ベイルートに赴任したのはダー先生家族以外に三家族あった。それなのになぜ「ハラダ」の名前を呼んだのかと後日アリさんに尋ねたら、

「シックス・フィーリングだよ」と笑っていた。

でもなぜこの人はこんな所にいるんだろう。ここはまだ飛行場の中だ。税関も何もまだ通過していない。飛行場の関係者なのだろうか。これも後で親しくなって、

「アリさん、どうしてあの時飛行場のタラップの下まで入ることができたの？」

と尋ねたら、

「飛行場の人はみんなマイフレンドね。だからダイジョウブ」

と答えた。アラブでは、袖の下（バクシーシ）が効く。アリさんは、日本などに行った時、電卓やら小さくて珍しい物をたくさん買い込んでくる。それをふだんから飛行場の役人やポリスたちにお土産と言って渡す。

アリさんのお陰でこの日の税関はフリーパスだった。全然待つ事なくスムーズに外へ出ることができた。その後もベイルート滞在中、このアリさんの「マイフレンド」にどんなに助けられるか、このときは思いもしなかったが。

表に出ると、日本人学校のみんなが迎えに来てくれていた。学校のマイクロバスで宿舎に向かう。途中、パレスチナの難民のテントが密集している街角を通り抜ける。今までのホッとした気分の中にちょっと緊張が漂う。地中海に沿ってバスは走る。白い波がなければ、青い空と青い海の境がないほど青さが美しい。やっぱり飛行機の中でスチュワーデスが、

「ベイルートは素敵な所ですよ。私はいろんな所に行くけどベイルートが一番好きだな」

と言っていたのが、本当に思えてくる。こんなに美しい国で三年間過ごすことができるのかと、明るい陽射しの中でダー先生は自分の幸運に体が震えてくるのを覚えた。

でもこの第一印象と違って、これまでの数か月間このベイルートという文字にどんなに不安な思いをさせられたことか。学校で初めて日本人学校の教員に採用されたことを知らされた時、

「派遣先はどこになったんですか」

と聞いても、

「それが分からないんだ。合格したとしか連格がなかったから」

という校長の返事に半ばおかしいなとは思いながらも、

「説明会があさって文部省であるから、行ってきなさい」

という声に有頂天になって、どこに行くかも分からないまま文部省に出頭すると、みんな受付で、

「バンコクに行くことになった…県の…です」

と名乗っているではないか。

「そんな、自分は何も聞いていないぞ。今日初めて発表されると聞いてきたのに…」

と焦るまもなくダー先生の番になった。

「どちらですか?」

と聞くので、仕方無く、

「神奈川県の原田淑人ですが…」

「いえ、派遣される国はどこですか」

「エート、エート」と答えながらダー先生の目は必死に名簿の上を追っかけた。すると、ベイルートの所に名前があるじゃないか。

「ベイルート……」と小さい声でつぶやくと、

「ベイルートですか。大変ですが、頑張ってください」

とはげましの言葉をかけてくれた。ダー先生がベイルートに行くのに戸惑いを感じているると思って、その係りの方ははげましの言葉をかけてくれたのだろうが、ダー先生はただ派遣先を知らなかっただけなんだ。だが、このとき「どうして、自分がベイルートに」という思いは強かった。

どうして日本人学校に!?

ダー先生が教員になって最初に赴任したのは、神奈川県平塚市の崇善小学校で、市内で一番歴史の古い学校だった。この学校は古くから青少年赤十字（ＪＲＣ）に加盟していて、赤十字の願いを子どもの頃から身に付けさせたいといろいろ活動していた。二年目にダー先生は自分から志願してこの担当にさせてもらった。青少年赤十字（ＪＲＣ）では、健康安全、奉仕、国際理解・親善という三つの行動目標がある。その国際理解・親善の活動の中に「親善アルバム作り」というのがあった。これは、写真のアルバムではなく、外国の子どもたちに、日本のこと、住んでる神奈川県や平塚のこと、学校のことや自分の事、あるいは図工の作品や習字などを紹介してアルバムのようにしたもので、子どもたちがとても興味を持って意欲的に取り組んでいた。世界中に送るんだと一人で二十も三十も作った子もいた。毎年毎年たくさんの国に送った。そのいくつかからか返事が届くと子どもたちは飛び上がって喜び、さらに夢中になって取り組むようになった。ダー先生も子どもたちと一緒にアルバムを作りながら世界が近くに感じられるようになった。

神奈川県の青少年赤十字（ＪＲＣ）では、毎年夏休みに、各学校のリーダーを養成するために、城ヶ島のユースホステルで「リーダーシップ・トレーニングセンター」というキャンプを持っていた。ダー先生も三年目からこのキャンプのスタッフとして参加していた。そのスタッフの教師の間で、

「アルバム交換だけでなくて、実際に自分の目で外国を見たり、外国の人と触れあったりしたいもんだね」

とよく話題になった。まだ、その頃は、教員で海外旅行を経験している人などほとんどいなかった。青少年赤十字（ＪＲＣ）の合い言葉に『気づき考え実行しよう』というのがある。この話を実現させようとスタッフの先生たちの『気づき』が始まり、とうとうチャーター機をチャーターして、香港、マカオ、台湾の旅行を実現させた。二回目は、ヨーロッパに行った。

当時、平塚市の教員人事は七年で異動になっていた。ダー先生は、何かの本で、アメリカのある州では、七年間教員をやると一年間休暇がもらえて、その間何をしてもいいと読んだことがあった。ダー先生は、自分が七年目を迎えた時、市内のどこかに異動するのではなく、僻地とか変わった環境でやってみたいという希望を持ったが、神奈川県には僻地

がない。やっぱりかなわぬ夢かと思っていた時に、これも偶然、赤十字で「海外日本人学校」というのがあることを知った。赤十字との出会いが、自分を世界に目を開かせ、またその赤十字でこの情報を知ったことに何か因果を感じた。

ダー先生は、早速校長先生にお願いし、そんな話があったら教えてくれるように頼んだ。というのも、今まで平塚市で海外日本人学校に行った人というのを聞いたことがないし、職員室でも話題になったことがなかった。この時の校長先生は県から来た人だったので、県の教育委員会に知り合いもあったので聞いてくれたのだろう。

「原田先生、良かったね。もうちょっと遅いと今年の応募には間に合わなかったけれど、今ならギリギリ間に合うよ」

ナント校長に話をした数日後が希望提出日だったのだ。幸運だった。

この時の調書に「行きたい国」を書く欄があった。当然「どこでもいいです」と書いた。その下に「行きたくない国」というのがあった。どこでもいいんだからここもなしにしようと思ったが、ふとベイルートという言葉が頭に浮かんだ。この頃、新聞には、毎日のように「ベイルート発共同」とかいって不穏な情勢ばかりが報じられていた。小さい子どもを三人も抱えて行くのだから、ベイルートだけはやめようかと「行きたくない国…レバノン」と書いた。

それなのにそのレバノンのベイルートが自分の赴任する国とは何かの間違いなのではないかと思ったが、でも、渡された名簿にはしっかりと原田淑人の名前があった。他に三人の人の名前もあった。

文部省を出るとダー先生は、本屋に走った。レバノンの事を自分は何も知らない。何だかいつも戦争をしていて怖い国という印象しかなかった。平塚への帰りの電車の中で早速買ったばかりの本を開く。

ベイルート

中東のオアシス　レバノン

アラビア半島を東から横断する飛行機は、果てしないシリア砂漠の上を飛ぶ。砂漠の上に風が描いた島や渦の模様に見飽きた頃、前方にシリアとレバノンの国境を画するアンチ・レバノン山脈が見えてくる。この山脈を越えると緑の耕地に覆われたベッカー高原、雪をいただいたレバノン山脈、点在する別荘地の赤い屋根、そして地中海の目にしみるような青さ……。

しかし、そうした目を楽しませる風景の展開は皮肉にも五分ばかりで終りを告げ、アッという間に港の上に出て飛行機はぐるりと旋回し、気がついた時にはベイルートの空港に降り立っている。レバノンとはそんなに狭い、だが自然に恵まれた国なのである。東西五十キロ、南北二百キロ、わが国の岐阜県ぐらいしかないこの国には、リンゴやブドウからオレンジやバナナにいたるまでありとあらゆる果物がなっている。旧約聖書にいう「蜜と乳の流るる地カナン」というのもこのあたりをさすとか…。

アラブの他の国が酷暑と砂漠で知られているのに、この国だけが温和な気候と肥沃な耕地に恵まれているのは、地中海から運ばれてくる湿気が二つの山脈に突き当たって雨をもたらすからである。レバノンの雨季は十一月から二月の冬の間なので、海抜二千メートルを越えるレバノン山脈の高地では雪となって積もり、夏の初めにかけて少しずつ溶けていき、雨が一滴も降らない夏の間も地下水となってレバノンの土地を潤すのである。

雪がレバノンにもたらす恩恵はこれにとどまらず、レバノンの観光資源としても一役買っている。レバノンの象徴として国旗や貨幣の図柄にも使われているレバノン杉は雪に飾られた姿がひときわ観光客を喜ばせるし、その杉セードルの名所をはじめ、全国に点在するスキー場では、四月ごろまでスキーを楽しむことができ「朝はスキー、午後は海水浴」という観光地レバノンのキャッチ・フレーズが誇大広告でないことを実証している。この宣伝文句にもうひとこと付け加えるならば「夜はカジノ」ということになろうか。レバノン人がモンテカルロをしのぐと自慢しているカジノの賭博場で、石油に潤う国の王族らしいアラビア人が何十万円というチップを無造作に賭けている光景は印象的である。

レバノンの国際収支に観光収入が重要な地位を占めているのは、この国がアラブと欧州のどちらからも観光客をひきつける恵まれた位置にあることによるといえよう。アラブ産油国の王侯貴族は砂漠の炎熱を逃れてレバノンの避暑地に夏の数か月を過ごすと共に、回教徒の戒律の厳しい本国では味わう事のできない快楽の数々に有り余る資財を消費するのである。一方欧州の人々はアラブ的エキゾチシズムを求めて、あるいは古代の遺跡やキリスト教の聖地を訪ねてこの地を訪れる。世界的に有名なローマの遺跡バールベックや古代フェニキア以来の遺跡ビブロス、そして至る所にある十字軍の遺跡など、観光客をひきつける条件はそろっている。

レバノンがアラブと欧州の接点に位置し、地理的にも歴史的にも社会的にもアラブと欧州が渾然と共存している特異な国である事は、いろいろな面にあらわれている。その最も著しいのは宗教である。国民の五十パーセントが回教徒、五十パーセントがキリスト教徒で、しかも憲法上の不文律として大統領はキリスト教徒から選出、首相と国会議長は回教徒から出すことに決められている。人種も純粋のアラビア人はほとんどなく、十字軍時代から欧州人と混血している上、トルコの血も混じっており、それが長い年代に亘って複雑に組み合わさっているので、生まれてくる子どもの髪の色も目の色も生まれるまでは全く見当がつかないという。言語がまたおもしろい。国語はアラビア語であるが、フランス語も広く使われ、上流家庭では家族同士の話にもフランス語を用いている。二十代以下の若い人たちは英語をよく話すかと思うと、老人たちはトルコ語を話すといった調子である。

アラブと欧州の懸け橋としてのレバノンの特殊な地位はレバノン人の伝統的な商才と相俟って、この国を商業国として繁栄させている。旧式な紡績工業とセメント工業以外に見るべき工業がなく、輸出する物といえば果物ぐらいで貿易は大幅な赤字となっている。それにもかかわらず国際収支は毎年黒字を記録し、国民の生活水準がアラブの中で最高を誇っているのは、観光収入もさることながら、ベイルートを中継港とする通過貿易や自由為替市場での活発な外国為替取引などの収益によるところが大きい。またサウジアラビアやイラクの油田から砂漠を横断してくる石油のパイプラインも、レバノンのサイダ、トリポリ両港に通じており、ここからも多額の通過料収入が入ってくる。さらに見落とせないのは、海外に移住しているレバノン人移民からの送金である。アフリカ、南米などで商売をして大金持ちになっている外国人を見たら、レバノン人と思えばだいたい間違いはないという。木造船を漕ぎだして早くアフリカに進出し、巨大な富を築いた古代フェニキア以来の伝統がレバノン人に受け継がれているのをここにも感じるのである…。

（参考資料　世界文化社…世界文化シリーズ22西南アジア）

レバノンでの生活が始まった!!

ダー先生たちの住むマンションは、ベイルートの最も安全であると言われるラオシェ地区にあった。前からいる先生たちの好意で、この年派遣された四人がみんな同じマンションに入ることになったが、三つが二ベッドルームで一つが一ベッドルーム。二ベッドルームは十畳ぐらいの寝室二つに二十畳ぐらいのサロンがあり、浴室も台所も広い。一ベッドルームは六畳ぐらいの寝室一つに十畳ぐらいのサロン、浴室も台所も二ベッドルームの部屋よりも狭い。その二ベッドルームも六階の地中海がよく見える部屋と四階のこれまた見晴らしのいい部屋に、もう一つは地下にあり、歩く人の足しか見えない部屋という風に条件がまるで違っていた。一ベッドルームは一階の入り口の近くにあり、ほこりっぽいし、うるさかった。

どの部屋に入るか、話し合いになったが、もちろんみんな海がよく見える六階か四階に入りたい。話し合いは、なかなか終わりそうにない。こんなことで最初から嫌な思いをしたくないので、

「いいですよ。うちは子どもも小さいし、手当ても一番少ないので」と言って一番若くて、一番子どもも多かったダー先生がいい部屋を譲って、一階の一番狭い一ベッドルームに入ることになった。まとめ役の教頭先生が地下一階の部屋に入った。ダー先生は、平塚では横内団地という県営住宅の二階に住んでいた。三人の子持ちには狭かったので、せめて外国では広くて、子どもたちが庭で遊べるような所に住みたいと思っていた。しかし、このラオシェのマンションはその希望とはかけ離れていた。一階なので、すぐ外を車がどんどん走っている。一番下の剛はまだ九か月だったので、はいはいをしていて、うっかりドアが開いていると、外まで出て行ってしまう。真中の真人は三歳のいたずら盛りで、これまたドアからすぐに飛び出すので危なくて目が離せない。しかも、日当たりが悪く、小さな子を持つダー先生の家族にとって決していい環境とはいえなかった。

そこで、日本人学校の事務のヒブリ先生に新しい家探しを頼むことにした。ヒブリ先生は、飛行場のタラップの下まで迎えにきてくれたアリさんの奥さんである。ヒブリ先生（アコさん）の依頼で、アリさんが仕事の合間を縫って一生懸命に家を探してくれた。お陰で、一か月後にダー先生が理想としていた家が見つかった。素晴らしい家だった。

その家は、ベイルートから二十キロ離れた郊外にあり、日本人学校までは十分という便利な所にあった。周囲は緑が多く、レバノン独特の、小さな子が描くような丸い形の松の林の中にあった。すぐ側に、ミドルイーストカレッジというアメリカの大学もあった。レバノンには珍しく広い庭があり、子どもたちはそこでのびのびと遊ぶことができた。日当たりも最高だった。しかも、ベッドルームが三つに広い台所、十五畳ぐらいのサロンにトイレも二つもあった。横内団地やラオシェのマンションとは雲泥の差であった。しかも、家賃もそれほど高くなくてラオシェよりは少し高いくらいだった。

しかも、ラオシェから日本人学校に行くには、途中ダウンタウンを通らなければならないので、スクールバスで一時間もかかるのに、ここからでは十分で行けるし、近くにヒブリ先生（アコさん）や校長先生夫妻が住んでいたので、学校まで送ってもらうこともできた。

初めての銃声

ところが、新しい家に引っ越ししてきたその日、慌ただしく荷物だけを運び入れ、アリさんを送って遅い夕食をとっていたら、突然「ダ、ダ、ダ、ダ、ダー」というすごい銃声が家のすぐ裏から聞こえてくる。食事をとっていた食堂は通りに面している方は全面ガラスなので危ない。慌てて、夕食を持ってトイレに逃げ込む。電気も消したトイレの中で子どもたちに夕飯を流し込む。ダー先生は食事も喉を通らない。頼みのアリさんに連絡しようにも電話がない。一晩中、親子で抱き合って夜を明かした。

ところが、朝になっても銃声はやまない。とんでもない所に来たものだ。学校を休むにも電話がないので連絡できない。一番近くの校長宅に連絡にいかなければならない。妻が止めるのを振り払って外に出る。顔が引きつっているのが自分でも分かる。外に出て、少し安心した。銃声が家のすぐ裏から聞こえたのは、ダー先生の家が傾斜地にあったから音が反射したためで、実際は道路の下の谷間から聞こえてくる。それでも流れ弾が飛んでくるかもしれないので、木から木へと忍者のように隠れながら必死になって校長先生の家に飛び込んだ。

「校長先生、す、す、すごい銃声ですね。が、が、学校は休校ですか?」

声が震えていた。

「なあに、あんなの毎日だよ。さあ行くぞ」

と、校長先生はコーヒーを飲みながらのんびりしている。自分が気負ってきただけにガクンと拍子抜けがした。

学校に行ってもそうだった。みんないつもと変わらず授業の準備に取りかかっている。

「どうしたの原田先生、ラオシェは何でもないよ」

そんな〜。自分は死ぬような思いで来たのに、なぜ…？

でも、このなぜ？　に自分も子どもたちもすぐに慣らされてしまった。銃声は相変わらず毎日のように続いていた。一番下の剛がパパ、ママの次に覚えた言葉は「バンバン」だった。最初はおびえて泣いて、起きだしていた子どもたちも平気で眠るようになった。校長先生は、夕方ビールを片手に、

「今日は花火はやってるか〜」

とやってくる。毎晩やってくるアリさん家族と家の庭で花火見物だ。下の谷の右から左へとお皿のような円盤が糸を引くように音もなく飛んで行く。しばらくしてボンと鳴る。まるで花火だ。お返しに、今度は左から右へとロケット花火が飛ぶ。

「あっ、飛んだ。飛んだ。…今日は少ないな〜」

この頃のレバノンの内戦はこうだった。ごく一部でバンバンがあり、それもグループとグループの拠点の攻めあいだったので、そこからはずれたところは安全だった。

夏休みになった。いつもは、現地の学校に合わせて二か月も夏休みがあるのだが、今年はそうはいかない。一学期にまともに授業ができた日は数える程しかなかったので、その遅れを取り戻さなければならない。八月の一か月だけが夏休みになった。不思議なことに夏休みになってバンバンも止んだ。兵士たちも夏休みに入ったのだろうか。

ダー先生のクラスでは、学級委員さんたちと前から計画していたデイキャンプを実行することにした。

休校続きで子どもたちは学校生活をエンジョイできていない。せめて、一日だけでもいいからみんなで楽しく過ごさせてあげたい。思いっきり遊ばせてあげたいとの親心だ。

ベイルート郊外には、平和な時ならば家族でのんびり過ごせる場所がいっぱいある。でも、今は内戦中だ。アリさんに情報をもらって、一番安全であろうというベイルートから近い川のほとりでキャンプした。休校続きで、友だちにも先生にも会えずイライラがつのっていた「あすなろっ子」たちは、岩から川に飛び込んだり、魚を追っかけたり、思う存分水とたわむれていた。カレーライス作りもうまくいった。本当に楽しい一日だった。まさか、これが子どもたちとの最後の思い出になるとは思いもしなかったが……。

ベイルート日本人学校、長期休校に

九月になって、無事に二学期がスタートした。もう一か月もバンバンはなかったので、もう内戦は終わったのだろうと思えるほど順調な二学期のスタートだった。

ところが、九月十一日、スクールバスで子どもたちが登校してきた直後に大使館から、「情勢が緊迫している。すぐに子どもたちを帰すように」

との緊急連絡が入った。大騒ぎになった。子どもたちを帰すにしても、スクールバスのうち何台かはもう引き上げていた。やっと数台かき集めてそれに子どもたちを詰め込んで帰した。こんなことは初めてだった。今までは、休校するかどうかは、朝、子どもたちが登校する前に決めていた。

一学期の頃は、日本人が多く住むラオシェ地区は安全だった。学校への道は一本しかなく、その道路がダウンタウンを通るのがネックだった。いつもバンバンはこの辺りで起こり、あるグループが道を封鎖する。校長は大変だった。毎朝、ダウンタウンの近くまで行き、道路が封鎖されていないこととポリスがいることを確認すると、それに大使館の情報、アリさんの情報を加味して学校を開くかどうかを決定していた。ポリスがいるかどうかは、情勢が緊迫しているかどうかの一番早い見分け方だというアリさんのアドバイスだ。あるグループとあるグループが衝突しそうだという情報を一番早くつかむのはポリスだそうだ。そして、その情報をつかむとポリスは身の安全のために交通整理にも出ない。何か変な話だが……。

キドゥナップ（誘拐）

子どもたちを何とかバスに乗せて帰した後、教員もバスや車に分乗して学校を後にした。ダー先生もアコさんも校長先生の車に乗って帰ってきた。ところが、アコさんの家に行ったら、アリさんのお母さんが、

「アリは、みんなのことが心配になって学校に迎えに行ったよ。会わなかったのかい」

というではないか。みんなの顔色が不安で青くなった。というのは、この頃、クリスチャンがモスレム（イスラム教徒）を誘拐して殺し、首を切ってどこかに捨てると言う恐ろしい事件が多発していた。学校の近くはクリスチャンの地域だ。しかもアリさんはモスレム

だ。

夕方になっても暗くなってもアリさんは帰ってこない。心配で胃がきりきり痛む。私たちの不安が極限になった真夜中にアリさんは無事に帰ってきた。みんな抱き合って泣いた。アリさんは、情勢の急激な変化を知ると、すぐに学校に向かった。大使館から、緊急連絡が行っていることは知らなかった。みんなを何とか助けないとの一心で車を走らせていたら、あるクリスチャンのグループに捕まり、トラックに乗せられ、どこかに連れて行かれた。ここで、アリさんのファミリーネーム、ヒブリが身を助けた。

アリさんと子どもたち

アリさんの家は昔モロッコからイスラム教徒を連れてレバノンに渡ってきた宗教指導者の家柄である。レバノンでは、大統領はクリスチャンから、首相はモスレムから選ばれることになっているが、ヒブリ家は宗教指導者の家であったので、アリさんのおじさんが、昔、首相になっている。そして、クリスチャンにもいい政治をしたのでクリスチャンのリーダーたちはヒブリの名前を知っていた。

また、アリさんは昔ちょっとしたヒーローだったことがある。レバノンが平和な頃、レバノン山脈からベイルートまでローラースケートで滑り降りるというイベントがあった。アリさんは十九歳の時、この大会に参加し、他の国の選手を寄せ付けずに見事優勝を飾ったのである。ナント、時速八〇㎞の速さでノーブレーキでかけ下りたというのだから命懸けだ。今は、温厚な紳士だが、若い頃は随分無茶なことをしていたらしい。これが、新聞にでっかく掲載された。ダー先生も見せてもらったことがあるが、これが、アリさんの命を救うことになった。誘拐した兵士の中にアリさんのことを覚えていた人がいたのである。

内戦泥沼へ

この九月からの内戦は、今までとは全く異なる顔を見せた。今までは、グループ同士の争いだったから互いの拠点と拠点との攻めあいで、それ以外の地域はほとんど戦闘に巻き込まれることはなかったが、今度は、無差別な戦闘に変わってきたので日本人とて安全ではなくなってきた。確かに今までは日本人は安全だった。もともとレバノン人は明るく陽気な国民性を持っている。しかも日本人にとても友好的だった。レバノンに来て間もない頃、彼等が子どもたちを見て盛んに「野蛮人、野蛮人」というので「この野郎、馬鹿にして」と怒ったことがある。ところが、これはダー先生の全くの誤解で、「ヤバンジー、ヤバーニー」というのは、アラビア語やトルコ語で日本人のことをいうのであった。また、よく「ブルース・リー?」と声をかけられた。当時、レバノンではブルース・リーの映画が物凄い人気で、中国人と同じような顔をしたダー先生に「ブルース・リー」と声をかけるのは、彼等の親愛の情だったのである。

ベイルートの中心街であるダウンタウンは壊滅的な打撃を受けた。ここは、官公庁、郵便局、銀行、市場、商店などが集まっているベイルートの心臓部だったので、市民に与える影響も大きかった。一般市民は仕事どころではなかった。アリさんも仕事に行けず、毎日イライラした日々を送っていた。ダー先生も心配している母や教え子たちに手紙を出したいのだが、郵便業務は一切停止していたので出すこともできなかった。それどころか、銀行も閉まっていたので、日本から送られてくる給料も手にできなかった。戦争の影響で、物価は物凄い値上がりをしていた。でも、不思議なことに内戦下というのに何でも手に入った。バンバンやっているすぐ側で野菜の市なども立っていた。レバノン商人のしたたかさを感じる日々であった。でも、ダー先生の家族はアリさんのおかげで何とかこの窮状を切り抜けることができた。

「ハラダセンセイ、今、商店がオープンしているよ。また、戦闘が始まりそうなので今の内に買い物に行くよ」

と誘いに来る。彼の情報はいつも早かったので、みんなが来る前にビスケットやスパゲティ、米など保存できるものを買いあさった。野菜は、なかなか買えないので庭にキュウリやインゲン豆を植えて長期戦に備えることにした。

困ったのは、ガソリンだ。時々、道路封鎖の影響でガソリンスタンドも閉まっていて、ガソリンを手に入れるのがとても困難になってきた。レバノンにはバスや鉄道などの公共輸送機関は何もない。車が国民の足である。その車が動かないとなると影響は甚大である。今日は、スタンドが開いてると分かると長蛇の列ができた。でも、そんな中でもアリさんの車は何とか動いていた。アリさんの言うフレンドのおかげらしい。

デストロイヤー

九月からの内戦は、なかなか収まりそうにない。とうとう日本や他の国へ避難する会社も出てきた。一〇月初めには、一五四名いた日本人学校の子どもたちが四〇人ほどになっていた。学校も二週間以上休校続きになると、さすがの父兄たちも苛立ちを隠せなくなった。

「少々、危険でもいい。とにかく学校は毎日開いてほしい。学校に行く行かないは親が決めるし、登校、下校は責任を持つ」

という声があがってきた。日本人学校の先生も、残っている子どもたちのことは何とかしなくてはという気持ちを強く持っていたので、ラオシェのホテルを借りて授業をやるべく交渉を始めた。ところがホテルからこっぴどく断られた。

「あなたたち日本人は、今の情勢を何と思っているんだ。過去のベイルート情勢の中で一番悪い状態なんだよ。そんな時に学校も何もないだろう。生命が危ないんだよ」

と全くあきれ返ってしまったと言わんばかりの態度だった。いや他から見ると全く奇異な日本人の行動だったのだろう。現地の学校もアメリカンスクールも休校していたのだから。

そのホテルの態度を受けても、

「ホテルがだめなら、家庭でやればいい」

と開き直ったのである。結局、クラスの家庭を回って分散授業をやることになった。これは、ラオシェに住む教員にとっては難しいことではなかったが、ダー先生や校長先生夫妻、アコさんたち郊外に住む者にとっては命懸けの大変な事態だった。

ダー先生と校長夫妻、それに事務のヒブリ先生（アコさん）はベイルートの中心街より学校よりの所に住んでいた。四人が、ラオシェの日本人が多く住む地区に通うには、どうしても一番危険な中心街（ダウンタウン）を通らなければならない。スクールバスも通れないのに四人の車だけが通れる道理はない。ところが、「あなたたちは危険だから来なくてもいいですよ」という教師も父兄もいなかった。当然来るべきだという暗黙の強制がそこにはあった。

「来れないのなら、ラオシェに引っ越ししてくれればいい」

という教師もいた。でもそう簡単にはいかない。アコさんは、もう何十年も前から学校の近くに住んでいた。家族も親戚もみんなそこに住んでいる。アコさんだけ、家族から離れてラオシェに来るわけにはいかない。校長先生も、赴任してから二年間今の地に住んでいて、子どもたちも近くの現地校に通っていた。ダー先生も、やっとの思いで探しあてた環境のいい今の家を簡単に手放すことはできない。家賃も一年間前払いしているのだ。

四人の必死の決死行が始まる。ラオシェまでの危険地域は一〇キロある。毎朝、市内へ入る道路に向かう。そこにはデストロイヤー風の覆面をしたガンマンがマシンガンを構えて人々を追い返す。その向こうではタイヤが何本も真っ黒い煙を上げて燃えている。誰も通れない。でもひっ返すわけにはいかない。アコさんを通じて、頼み込む。

「我々は日本人だ。どうしてもラオシェにいかなければならない大事な用事がある。何とか通してくれ」

するとガンマンはあきれた顔で、

「お前たちは、クレージーか？　今、この向こうで撃ち合いをしているんだぞ。今はちょっとやんでいるが、またいつ始まるか分からない」

それでも、四人は必死に頼み込む。最後には、ガンマンも根負けして、

「ここから次のチェックポイントまで一〇〇kmのスピードで突っ走るんだ。次のガンマン

が見えたら理由を説明してまた次のポイントまで突っ走るんだ。でもバンバンという音がしたらひき返してくるんだぞ。気をつけて」

と心配そうな顔で通してくれる。いつもは物凄いラッシュの中心街を我々の車だけが走る。両脇はビルだ。

いつどこのビルから撃ってくるか分からない。恐ろしさで体中脂汗が流れ落ちる。体がこわばってくる。何度か弾が車をかすめる。ただ乗っている三人でも凄い緊張感なのだから、運転している校長先生の恐怖感は並大抵のものではない。目は血走り、頬がぴりぴり動いている。

デストロイヤーのガンマン／絵・小林美優

次のチェックポイントに着く。四人は、これ以上ないというほどのジャパニーズスマイルを振りまいてガンマンに接する。彼等は、何で日本人がここにいるんだとい

う不思議そうな顔で迎えるが、アコさんの話を聞くと急にマスクの中の表情が和らぎ、

「気をつけて行くんだぞ」

と必ず声をかけてくれ見送ってくれる。

どうしてこんな気のいい連中が兵士になんかなっているんだろう。


やっとラオシェにたどり着くと、顔が笑い顔のままこわばっていてなかなか元に戻らない。その互いの顔を見合って笑うのだが、それが笑っているのか泣いているのか変な顔になってしまう。驚くことにラオシェに入ると人や車がいつもと同様走り回り、海岸のプールでは過ぎ行く夏を楽しんでいる人たちがいる。子どもの家についてもみんな普段と変わりない。我々だけがとてつもない危険を犯しているのに周囲がそうでないと、我々の行為は馬鹿げて見えてくる。こうやって一週間も通ううちに、兵士たちとも顔見知りになってきた。しかし二週間目に入って、今まで温和だった兵士の顔が急に険しくなってきた。情勢が相当悪くなっているようだと思っていたら、本当にそうなった。行きはよいよい、帰りはこわいで、家に帰れなくなった。

ダウンタウンの中で一際高いのがホリデイインである。五〇階建てのビルディングだ。こ

こを占拠するとどこでも攻撃できる。ある日、四人が登校した後にこのホリデイインの奪い合いの戦闘があり、とうとうあるグループが占拠してしまった。そして下を通る車を無差別で撃ち始めた。こうなるともう日本人でも通ることができない。四人はホテルに泊まることになった。

三日、四日とホテルに泊まっているうちに、家族のことが心配になってくる。情勢は急激に悪化している様子なのに、電話も通じない。アリさんがいないので情報も入らない。情報が入らないとますます不安は募ってくる。戦闘範囲が広がって、自分たちの家の方まで戦火が及んでいるのじゃないだろうか。小さい子を抱えて妻はアリさんと連絡が取れなかったらどうやって生活していくのだろう。考え出すと悪い方へ悪い方へと想像しがちになる。

「校長先生、アコさん、家に帰りたい。ダウンタウンを通らなくて我が家に帰る道はないんですか?」

ダー先生が切り出した。

校長先生もアコさんも思いは一緒だった。ダー先生の家はまだ子どもたちは母親と一緒にいるからいいが、校長先生は奥さんも先生なのでラオシェに一緒に来ている。家には子どもたちしかいない。子どもは十二歳の男の子と十五歳の女の子の二人だ。ダー先生の子どもたちよりは大きいといってもまだ心配な年頃だ。アコさんもアリさんがいるとはいっても置いてきた子どもたちのことが心配だ。アコさんの話では、中心街とは反対側のサイダ方向に走ってレバノン山脈を通って大回りする道があるが、その道もこの情勢では通れるかどうかわからないという。でも、家族のことが心配なみんなはもうじっとしていられない。この道にかけることにした。

普段このレバノン山脈を通る道は、ほとんど人通りもないと言う。ところが、危険を察して逃げる人が多いのか物凄い車の列である。でも車が走っているということは、道が封鎖されていないということになる。少し安心する。いくつかのチェックポイントを通過するごとに、家族の元へ少しずつ近付いているんだと嬉しくなる。四月に赴任して以来、内戦続きで、

「レバノンはいいとこがいっぱいあるよ」

と散々先輩から聞かされていたが、どこにも行くチャンスはなかった。この逃避行がダー先生にとって初めてのドライブとなった。あちこちに見えるリンゴ畑やブドウ畑、山の家特有の赤屋根に石造りの家、黄色に紅葉した静かな山の中を走っていると、これが本当に戦争をしている国なのか、何かの間違いではないかと思えてくるほど平和な光景だ。自然

の変わらぬ豊かさと人間の醜さ、小ささをつくづく感じさせられる。

それにしてもレバノンは不思議な国だ。戦争前の観光のキャッチフレーズに、

「山でスキーをして海で泳ごう」

というのがあった。この日、ベイルートを出てくるとき、海岸ではバナナの木を見かけたが、山の中では何とりんごがなっている。砂漠の国サウジアラビアやクウェートの富豪たちがここに別荘を造るのが分かる気がする。

ベイルートからダー先生の家までは、普段の道を走ると三〇分ほどなのに、この山越えの道では五時間もかかった。でも無事に校長宅に着いたら、マンションの管理人のパレスティナ人が飛び出してきた。良かった、良かった、と抱きついてくる。その後からダー先生のファミリーも飛び出してきた。四人がいない間、三つの家族が一緒になって生活していたという。もちろんアリさんが世話をしてくれていた。それにしてもラオシェでは、誰からもこんな歓迎を受けたことがない。我々にとってハッサンの鬚面の歓迎は本当に嬉しいものだった。彼はいつも言っていた。

「何故、命をかけてまでラオシェに行かなくてはならないのか。全く日本人って分からない」

と。

ベイルートよ、さようなら

この山越えの後、とうとう戦火は絶対安全だと日本人が信じていたラオシェ地区にまで及び、今まで頑張っていた会社もベイルートからの引き揚げを決め、次々に帰国して行った。今までは子どもが帰国する時は日本人学校の教師は飛行場で送るのが慣例だったが、今はそれもできない。電話も通じなくて我があすなろっ子がいつ帰っていったのか、どこに行ったのか、さよならも言えないさみしい別れとなった。運よく二、三人の子からかかってきた電話は、

「先生、僕はアテネに行きます。ベイルートがおさまったらまた帰ってくるから待っててね」

父親も、

「先生！　我々は必死になってここまでベイルート日本人学校を育ててきたんです。どうか学校が閉校とならないよう守ってください。治安が良くなればすぐに帰ってきます。我々

の住む所はベイルートしかないんですからね」

この言葉はそれからもいつまでもダー先生の脳裏にこびりついて離れなかった。

こうやって子どもたちはみんな去って行った。残ったのは、報道関係者と大使館、日本人学校の教員のみ。それでも、大使館や先生たちは学校を存続させようと努力したのだが、十一月になってとうとう外務省から、

「ベイルート日本人学校は休校とする。教員は一部は日本帰国、一部は一時転任」

という命令がきた。子どもたちがいなくなって、残った教員の最大の関心は学校がどうなるのかということと、自分たち教員はどうなるのだろうということだった。ダー先生たち今年赴任した四人はどこかに転任になるだろうということは予測できたが、今までいた先生たちが日本に帰されるとは予測できなかった。お世話になった先生もいたのに、飛行場まで送ることもできなかった。みんな逃げるように飛び立って行った。その年に赴任した四人組は、転任になったが、その際どこに行くかは希望ぐらいはとってくれるのだろうと期待していたのだが、全くそんなことはなく、ダー先生はクウェートに転任になった。他の三人は、教頭がアテネに、一人はデュッセルドルフに、そしてもう一人はエジプトのカイロに転任となった。

転任が決まった日、ダー先生はショックで妻と一晩中泣き明かした。どうして一番小さい子を三人も抱えた我々が一番環境的に厳しいクウェートに転任なんだ。命懸けでベイルート通いをした自分がどうしてクウェートにという思いは強かった。休校が長引いて、ダー先生たち郊外組がベイルートに来れない間、校長に代わって教頭が大使館や日本人会との連絡、交渉に当たっていたが、その教頭が自分の先輩のいるアテネに行くと聞いて、何か裏があったのかなと勘ぐったりもした。また、経済的にも苦しかった。ダー先生の家賃は一年間前払いなのだが、自分の都合ではなく戦争という予測できない出来事で出なくてはならなくなったのだから、半年分返してくれるように交渉したが、オーナーは聞き入れてくれない。しかも家具なしの家だったので家具類を買いそろえていたが、こんな状況なので持っていくこともできない。給料も銀行が封鎖されているのでもう二か月分も手にしていない。

しかし、一番辛かったのはアリさんファミリーとの別れだった。アリさんはダー先生にとっては親友を飛び越え、もう兄のような存在だったし、命の恩人だった。車のないダー先生の足となっていつでも買い物に行ってくれたし、

「今日は戒厳令が出ているから絶対に出てはいけない」

と自分の危険を顧みず教えに来てくれた。

レバノンでは週末に兄弟同士が集まるのが通例だったが、アリさんはいつも自分の兄弟の家へダー先生ファミリーを連れて行ってくれた。

また剛にとってはおじいさんだった。アラビア語では、おじさんのことを「アンモ」と呼ぶが、アリさんがダー先生の家に来ると必ず、

「パッパパッパパッパ」

とクラクションを鳴らす。すると、子どもたちみんなで、

「アンモアリ」

と言って飛び出して行く。剛はパパに怒られると必ず、

「アンモアリ」

と言って、アリさんの所に逃げ込んでいた。彼にとっての一番の安全地帯はアリさんの懐だったのである。彼が最初に歩いたのも、アリさんが二〜三m離れたところからペンを見せながら、

「タッチ（剛の愛称）ここまでおいで」

と呼んだのに答えて、必死になってペンを取ろうとして歩いたのが初めてであった。

アリさんファミリーは毎日のようにダー先生の家にやってきた。夕食も一緒に食べ、お風呂にも入っていった。危ない時にはみんなで泊まっていった。アリさんにはサニーという八歳の男の子とニーノという七歳の男の子がいた。二人はいたずら盛りで、二番目の三歳のマトを弟のように可愛いがり、どこにでも連れていっていた。たった一人の女の子の小百合はいつも二人と仲良くけんかしては、パパのところに逃げ込んできていた。子どもたちにとってサニーやニーノとは兄弟のようにして暮らしていたので、互いに別れるのはとても辛いものがあった。

この頃は空港もたびたび閉鎖されていた。やっと空港が開いている日にわずかの身の回りの品だけを持ってアリさんと泣き泣き別れて、クウェートへと飛びたった。一九七五年十一月十八日のことである。全くのベイルート難民同然だった。

クウェートへ

クウェートに着いたのは夜遅くだった。空港には、日本人学校の先生たち、ＰＴＡ会長ご夫妻がスクールバスで迎えにきていた。

「ベイルート難民の原田です。よろしくお願いします」

鍋釜、布団を持って、チビちゃん三人を連れての着任など、もちろんクウェート日本人学校始まって以来初めてのことに違いない。みんな温かい同情的な目でダー先生たちを迎えてくれた。その夜はひとまずホテルに直行。途中の道路の広さ、素晴らしさ、そして煌々と輝くオレンジの照明灯に驚きながらも、心の中は寂しさで一杯だった。また、案内してくれたホテルが一泊二万円もするというのに狭くて暗くて風呂もない。その暗いホテルのロビーで教頭の松崎先生から話を聞いて、ますます心は晴れなくなった。

「今、クウェートはレバノンから逃げてきた人たちがいっぱいで、住宅が不足しています。一軒見つけていますが、家具なしなので、一〜二日で家具をそろえてください」

これを聞いてダー先生は大きなショックを受けた。ベイルートを出る時、大使館の方から、

「またベイルートが良くなったら帰ってきてもらいます。一時転任だと思ってください」

と聞いていたので、いつでも動けるように家具付きの住宅に入れればと思っていたのに、クウェートではほとんど家具付きの家がないとのこと。ベイルートに家具がいっさいあるのにまた買わなくてはならない。しかも、もう三か月も給料が入っていなかったので、一

文無しに近かった。

　また大した家具ではないのに、これまたレバノン難民の移住のため凄い値上がりをしていた。ベイルートの難民たちが仮の住まいにと逃げた国はクウェートが一番多かったから、クウェート人にとって絶好のチャンスだったのだろう。家賃は物凄い値上がりだった。この四月に赴任してきた先生たちの家賃の三倍もする。わずか八か月で三倍もの値上がりである。自分が外務省からもらえる家賃の三倍もするのに、家はお粗末だった。水は漏るし、狭いし、レバノンの家とは比べ物にならないほどひどかった。でもクウェートの先生たちが短期間に見つけてくれた住宅なので、あまり愚痴もこぼせない。差額の家賃は、三月までは日本人学校運営理事会が出してくれることになった。ありがたかったし、本当に助かった。

石油と砂漠の国　クウェート

数年前、イラクがクウェートに侵攻した湾岸戦争（一九九〇年八月二日～一九九一年三月三日）があり、クウェートは一躍有名になったが、私自身、その頃は石油と砂漠の国ぐらいの知識しかなかった。広さは、岩手県ぐらいで人口は千百万人弱、アリさんが子どもの頃はレバノンに物乞いに来る程貧しい国だったのが、死の水（石油）が宝の水に変わって今では国民所得世界一の豊かな国に変身している。電話局ぐらいの大きな家に住み、アメリカの大型車を何台も所有し、その石油から電気をどんどん作り、海水から水を作っている。その水をふんだんに使って、緑を増やしている。ダー先生が行った頃は、レバノンから逃げてきた人たちやレバノンの次の拠点はクウェートにと事務所を移した海外の商社や会社のために建設ラッシュで、中心街のサルミア辺りは東京の都心を思わせる町並みになっていた。

クウェートは暑い国である。真夏は熱いといった方がいいかもしれない。四月から三〇度を超え、六、七、八月には五〇度にもなる。日陰でこの温度だから太陽の下では何度になっているのだろう。とにかくたき火のすぐ側にいるようなカアッとした熱さで、こんな時に外を歩くのは危険である。ダー先生はクウェートで初めてマイカーを買った。公共の交通機関が何もないので、車がないと生活できない。でも、ベイルートで銀行がクローズしていて日本からの給料が入っていなかったので、一番安いイギリスのボクソールという車を買った。金色のスポーツタイプの美しい車だった。子どもたちは金色のドットールと呼んで喜んでいた。ダー先生も気に入っていた。ところが、この車は熱さに弱かった。仲間の先生の日本車はちっとも故障しないのにこっちはしょっちゅうガレージ行きだ。涼しい国イギリスでは、これまでの熱さに対応する車を考えていないのだろう。

「ベイルートでは人気のある車だよ」

とアリさんは言っていたが、暑さに弱いのではクウェートでは不人気なわけだ。

車の中はまるでサウナのようだ。ハンドルも手袋をしないと熱くて握れない。スカートやズボンをはいている子どもたちはいつもバスタオルを下に敷く。ある日、漢字テストをロウ原紙に書いて学校で印刷をしようとしたが、一字も出て来なかった。あまりの熱さでロウが溶けたのだ。それ程の熱さになるのに、このボクソールには冷房がなかった。学校に小百合と通う時、サウナの中に乗り込む。すぐ汗びっしょりになる。そこで窓を開ける。すると、熱風でも気化熱で涼しく感じる。窓を開けたり、閉めたり、これを何度かくり返すうちに学校に着く。学校に入るとほっとする。全館完全冷房だからだ。水はまさに命の水だ。いつもトランクにワンカートン入れていた。

その暑い乾燥しきったクウェートに、二月ごろスコールのような雨が降る。すると側溝などないので、道路はすぐ水浸しになる。砂なのですぐ水を吸収してくれそうなのに、砂漠の砂はどういうわけか水をはじいて吸ってくれない。一週間も水が引かないことがある。

この頃、砂漠に行くとスイスの高原かとまがうほどいろんな花が咲き乱れている。砂漠の花は一年間じっとこの日を待っているのだ。雨が降ると長い眠りから眼を覚まし、次々に芽を出す。すぐ大きくなって花を咲かす。すると、これまたどこからかみつばちなどが飛んでくる。在クウェートの日本人が「あやめの原」と呼んでいるところがあるが、そこにはまさにあやめが咲き誇っている。クウェートの人たちは、この時期、家からテントを引っぱりだし、昔のベドウィン時代を懐かしむように砂漠の民に戻る。昔、ディズニーの映画に『砂漠は生きている』という映画があったが、まさにこの時期、砂漠は生きている。

クウェートのあすなろっ子

ベイルートのあすなろっ子たちとの突然の別れ、アリさんファミリーとの涙の別れ、クウェート転任のショック、住宅のことなど生活面の不安などですっかり意気消沈していたダー先生だが、クウェートのあすなろっ子と出会い、その目の輝きに触れて、すっかり元気になった。

「やっぱり自分は教師だった。子どもを目の前にしていると、つまらないことは忘れてしまう。この子たちはこの自分に大きな期待をしているんだ。その期待に応えなくては」という思いが強くなった。

また実際クウェート日本人学校では、ダー先生に大きな期待をしていた。それは、ダー先生が来るまで三年生は、一人の先生が二つの学年を教える複式学級だった。ダー先生の赴任により、この複式学級がなくなったのである。ダー先生は四年生、十二人の熱い歓迎を受けた。クウェート版「二十四の瞳」のスタートである。

この頃、クウェート日本人学校は児童、生徒数八十名。中学校もあり、付属の幼稚園もあった。数年前に建てたばかりの二階建ての美しい校舎だった。

サソリ採り

クウェートの学校に慣れてきたある日、ダー先生は子どもたちに聞いてみた。

「ここは砂漠の国だけど、君たちはサソリを見たことがあるかい？」

「な〜い。パパは工事現場で見たことがあるって言ってたけど、私たちは一度もない」

サソリを見た子は誰もいなかった。どうしてだ。ここは砂漠の国だぞ。前の学校で子どもたちと動物園を造ったダー先生の血が騒いだ。

「よし、みんな見たことがないのなら、探しに行ってみるかい？」

「行こう、行こう」

と言うことになり、近くの空き地に探しに行くことにした。十二人の子どもたちを車に詰め込んで五分位も走った所の空き地に行った。そこはもう砂漠である。というより、もともと砂漠の土

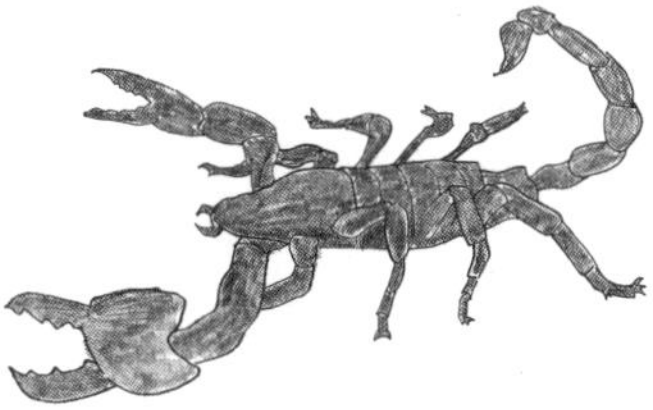

サソリ／絵・栢沼翔平

地に学校や住宅を建てたのであって、住宅や道路になっていないところは砂漠のままであった。クウェートの砂漠は、「月の砂漠」の曲にあるような美しい砂丘の連なる砂漠ではない。所々に棘のある草の生えた、ただの荒れ地である。そしてそこにはダンボールや新聞紙などのゴミが散らばっていて、決してきれいとは言えない。

「サソリはどんな所にいると思う?」

「コオロギなどは草むらや物陰にいるでしょう。砂漠には草むらはないから、サソリは暑い陽射しを避けるためにダンボールや新聞紙などのゴミの下に隠れているんじゃないかな?」

クウェートのサソリは大きなものは七~八センチあるそうだ。もし毒針に刺されると、大人でも体がしびれて麻痺するし、小さな子どもだと死ぬこともあるそうだ。危険なので絶対に触らないようにと十分注意して、子どもたちには棒きれを持たせた。これでダンボールなどの下を探る作戦だ。初日、子どもたちは、棒切れでダンボールや割れたブロックをどけながら探し歩く。

怖いので、みんなへっぴり腰だ。ところが、暑い中を三〇分も探して回ったけど、全然見つからない。

「先生、ここにはいないんじゃないですか?」

砂漠だからどこにでもいそうなのに、影も形も見えない。二日間通ったのに、いる気配がない。

三日目になったら、二日間もいなかったので、みんなの探し方にも緊張感がない。棒でただゴミをけっ飛ばしている感じで、ぞんざいだ。今日も駄目かとあきらめかけていたら、突然遠くの方で、

「せんせーい。いた、いた、いたよ～」

と言って、サヨを先頭に女の子が三人走ってくる。

「やった～。みんなサヨたちがサソリを見つけたぞ～。サヨ～、どこにいるんだ～」

「せんせーい、ここ、ここ、手の中～」

「ばか～。早く捨てろ～。刺されたら死ぬぞう～」

ダー先生は必死で叫んだ。

「大丈夫～」

と言いながら、駆け寄ってくる。ダー先生の顔は青くなった。サソリが手の中にいるなんて、もうだめだ。ところが、子どもたちはにこにこ顔で走ってくると、ダー先生の目の

前で、ほら、と手を開いた。いた。紛れもないサソリだ。サヨちゃんの手の中にちゃんといた。彼らが平気で手の中に入れてきたのが分かった。

そのサソリは、ほんの二ミリぐらいの大きさの緑色をした全くの赤ちゃんだった。

「先生、赤ちゃんがいるということは、親がいるってことでしょう?」

「そうだ、そうだ。絶対いるぞ」

といってそれからはみんなの探す目が真剣になった。

「先生! いた。いたよ」

すぐ近くでマコトの絶叫が聞こえた。ダー先生は飛んでいった。今度は、本当のサソリだった。五センチほどの大きさで、茶褐色だ。やはり、こわれたブロックの中に隠れていたのだ。ダー先生は、学校から用意してきた下敷きとコップを取り出した。これはダー先生の考えたサソリ捕獲法だ。サソリを見るのはもちろんダー先生も初めてだった。サソリは思ったほど敏捷ではなかった。ゴキブリのように素早く動くのかと思っていたら、わりともさもさ動く。これだと捕獲しやすそうだ。コップをサソリにかぶせた。うまくいった。下敷きをコップの下にあてがう。それをひっくり返すと、下敷きがふたになってサソリはコップの中だ。

コップの中でガサガサ動くサソリを見てあすなろっ子たちは興奮している。そして意気揚々と学校へ引き上げた。学校に着くと、水槽に砂を入れ、石ころや草を入れ、砂漠と同じような環境にしてやった。誰かが隠れ家にと言って、理科室から試験管を持ってきて入れた。全校大騒ぎになった。話には聞いていたが、見るのは初めてのサソリだから。四年の子たちは誇らしげである。

「先生、ずるい。ずるい。僕たちも連れてって」

と五年生の子が騒ぐので、翌日、今度は五年生を連れて空き地へ行った。昨日の場所にはいなかったが、もう何となく勘で分かるようになったので、一〇分ほどで六センチぐらいの、四年生のよりもひと回り大きなサソリを捕まえた。そして昨日のと同じ水槽に入れた。これで二匹になった。

翌日、朝ダー先生が登校してくると一足早く、スクールバスでやって来ていた四年の子どもたちが、玄関でダー先生を迎えている。ところが、みんなの目から涙がこぼれているではないか。

「どうしたんだ。何かあったのか?」

「先生、僕たちのサソリが死んでいる。五年生のサソリに殺されちゃったんだ」

これを聞いて、ダー先生はしまったと思った。そこまでは考えなかった。小さな水槽に二匹を一緒に入れたので共食いしたのだ。これは、後でファーブル昆虫記を読んで分かったことだが、サソリはアリなどと違って集団では生活しない。一坪くらいの所に一匹で住んでいる。あれほど探してもなかなか見つからなかった訳だ。それが彼等の縄張りで、そこに入ってくるものがいると死ぬまで戦う。当然大きい方が毒も強いので、小さい方がやられてしまう。四年生のサソリの方が小さかったため、五年生のサソリにやられたのだ。この話をしたら、四年生のあすなろっ子たちは、

「先生、もう一度、サソリを捕まえに行きたい」

と言い出した。そこで、また例の空き地に出かけて行った。前の経験で、大体どんな所にサソリがいるか見当がつくようになっていた。またブロックの影に隠れているサソリを一匹捕まえた。運よく五年生のサソリよりも一回り大きかった。あすなろっ子たちは喜んで学校へ引き上げた。そして、大きな期待を持って五年生のサソリがいる水槽にそのサソリを入れた。

翌日、登校してくると、またあすなろっ子たちがダー先生を待っていた。でも今日はにこにこ顔でピースをしている。今度は四年生のサソリが、五年生のサソリをやっつけたの

だ。

ところが、ある日このサソリが脱走したのだ。いつもガラスのふたをちゃんとしているのに、その日はふたが少しずれていたのと、たまたま板が入っていたのでその板を伝わって脱走したらしい。大変なことになった。子どもたちが刺されたらそれこそ大変だ。ダー先生はまたもや真っ青になった。でも、この事が子どもに分かるとパニックになる。ちょうどこの日は朝会で子どもたちは外に出ている。その間に探すことだ。ダー先生は必死になって各教室や特別教室を探し回った。でも見つからない。最後に職員室に戻ってこれからどうしようかと思案していた。もう間もなく朝会は終わる。その時だ。職員室の前の方でガサガサとほんのかすかな音が聞こえた。校長先生の机の下辺りだ。飛んで行って机の下を見ると、校長先生の運動靴が置いてある。「これだ。この中だ」とひっくり返してみたら、やはりその中にいた。

「良かった。子どもの靴の中でなくて」

と、ダー先生は胸をなでおろした。

カンガルーネズミ

サソリを見つけに行って二日目のことだ。二日も見つからないので、もうあきらめて今日は終りにしようとしかけたとき、遠くの方で女の子たちが何か叫んでいる。サソリが見つかったのかと思って喜んだら、

「先生、穴の中に何かいる〜。ねずみみたい」

「ばか〜、サソリを探しているのにネズミなんてほっとけ〜」

「でも色が変わってるよ〜」

「色が変わっていようが、何だろうとネズミなんか……」

と言いかけて、はっとした。砂漠にはトビネズミがいることを聞いたことがある。もしかしたらと思って走った。女の子たちのすぐ脇に広さ一平方メートル、深さ一・五メートルぐらいの四角い穴があった。その奥の隅に小さな生き物がいる。全然動かない。暗いので良く見えないが、黒ではなくハムスターのような淡い色をしている。死んでいるんじゃないかなと思いながら、そっと穴の中に降りる。サソリ採り用に持ってきた下敷きを

体の下にもぐりこませて持ち上げる。でも全然動かない。穴の上に上げて明るい太陽の下で見てみると、呼吸をしている。

可愛い顔をしていて、目はつむっているが大きく、色は白っぽいおなかに灰色っぽい体、前足が短く後ろが長い。やはりトビネズミだ。スヤスヤと寝ている。トビネズミは夜行性なので昼間は穴の中の住みかで寝ていて、夜になると動き出す。このトビネズミは、自分の巣から出てきて深い穴の奥で寝ていたんだろう。ここなら日も当たらないし、風も少し入ってきて涼しいんだろう。砂漠の生き物はほとんど毒を持っていると聞いていたので、ダンボール箱を拾ってきてその中に入れて学校に持ち帰る。箱に入れた途端、あれだけ死んだように寝ていたのに、暗くなったせいかごそごそ動き始める。子どもたちは偶然の発見に大喜びだ。

学校に戻るとカーテンを閉めて、締め切った教室の中で箱を開ける。開けた途端、箱から飛び出して

カンガルーネズミ

絵・石井貴大

ピョンピョンと教室中を跳びはねる。後ろ足で一メートル近く跳びはねる。全くカンガルーのようだ。子どもたちは思わぬかわいいお客さんに大騒ぎをしていたが、スクールバスの下校の時間がきたので、またダンボール箱にしまった。息をする空気穴を開け、逃げ出さないように本を十冊ほど上に乗せた。あすなろっ子たちは、

「明日、他の学年の子たちに見せたら、逃がしてやろうね」

と友達と話しながら、学校を後にした。

翌日、登校してくると、子どもたちが玄関で並んでダー先生を待っていた。目からポロポロ涙を流している。

「どうしたんだ?」

「先生、カンガルーネズミが死んでいる」

教室に飛んで行くと箱の中でカンガルーネズミは冷たくなっていた。子どもたちが帰った後、カンガルーネズミは箱から逃げ出そうと何度も飛び上がったのだろう。ところが、箱の上には本が置いてあったので出られない。箱のふたに頭を何度もぶつけて脳しんとうを起こして死んだのだろう。可愛そうなことをしてしまった。子どもたちと昨日見つけた穴の中に死体を埋めてあげた。

あすなろっ子からカンガルーネズミの話を聞いた他の学年の子どもたちは、これを聞いてとても残念がった。

「私たちも一度カンガルーネズミを見たかった」

と。

そこでダー先生はカンガルーネズミを捕まえるために夜の砂漠に出かけて行った。

「カンガルーネズミは夜行性なので、もしかしたら見つかるかもしれない」

と思ったからだ。ところが、見つかるどころか、車のライトに照らされて、車の前を何百いや何千というトビネズミが右に左に跳びはねている。圧巻だ。車を止めて、網を持って追っかける。すごく敏捷な動きで、とてもつかまるなんてものではない。子どもたちにまた捕まえてあげられないのを残念に思いながらも、ライトの中を跳びはねるカンガルーネズミたちの動きをしばらく眺めていた。

昼の砂漠には生き物はほとんどいない。たまにふんころがしを見るぐらいだ。ところが、この目の前の光景はどうだ。砂漠の生き物は昼間は、暑さから逃れて砂の中に穴を掘ってそこで暮らし、夜になると活動を始めるのは知っている。でもこんなにも昼の顔と夜の顔が違うなんて、想像はできなかった。

小さな恐竜

砂漠のクウェートでは楽しみがほとんどない。イスラムの国だからアルコールもご法度だ。日本にいるときは毎日晩酌をしていたのに、五〇度を越える暑さでもビールが飲めない。でも何か楽しみを見つけないと生活ができない。そんな時、先輩の松崎先生からゴルフを教わった。クウェートでゴルフ、砂漠でゴルフなんてバンカーばかりではないかと思われるかもしれないが、ちゃんとした?ゴルフができる。このゴルフ場は大成建設の方が日本人のために砂漠に造ってくれたものだ。九ホールある。グリーンはもちろん芝生ではない。砂に油を混ぜて固めてグリーンのような固さにしてある。なかなかの優れものだ。

フェアウェーは全くの荒れ地だ。石ころあり、棘のある草あり、車の轍ありだ。そこでクラブを傷めないように、人工芝を持って歩き、ボールを見つけるとその芝の上にボールを置いて打つ。いいショットを打ったと思っても、石ころに当たってとんでもないところに飛んで行く。白い砂漠で白いボールを探すのが大変なので、大抵カラーボールを使う。入場料を取るわけでもないし、囲いもないし、クラブハウスもない。だれでも入れる。春の涼しい季節にはゴルフ場の中で砂漠の民が羊を焼き、楽しく談笑している光景にも出会う。そんなゴルフ場だ。

ある日、一人で練習に行った。ゴルフ場には誰もいない。初心者のダー先生はこの静けさが大好きだった。誰にも邪魔されずにゴルフができる。クウェートでなければできない贅沢だ。ナイスショットを打った。ボールは美しい孤を描いて真っ直ぐに飛んで行く。落ちた地点まで歩く。ところがなかなか見つからない。また石に当たってどこかに飛んで行ったようだ。やっと赤いボールを見つけて手を伸ばしたがびっくりして手をひっ込めてしまった。ボールの目の前に今まで見たこともない大きなトカゲがいるではないか。そのトカゲは日本のトカゲのようなすべすべの肌ではなく、恐竜のような堅い肌をしている。陸イグアナのように灰色っぽい色をしていて、六〇センチもの大きさだ。またダー先生の血が騒いだ。何とかこれを捕まえて子どもたちに見せてあげたい。でもゴルフの真っ最中なので手にはクラブしかない。バスタオルも袋もない。これでは捕まえることができない。残念だがあきらめた。またいつかチャンスがあることを祈って…。

そのチャンスは直ぐにやってきた。それから二週間ぐらいして、郊外の道路を一二〇kmものスピードで走っていたら、ちらっと道路の端っこにトカゲらしきものが目に入った。

トカゲ／絵・小松昂平

一二〇ｋｍもスピードを出していたので止まれない。残念ながら、見過ごした。ところがどうしたんだろう。しばらくしたらまた道路の端っこにトカゲらしきものがいるではないか。今度はちょっとスピードを落としていたので、百ｍほどやりすごして止まった。後ろを見ても誰も後続車はいない。バックして一〇ｍほどのところで止まる。トランクを開ける。トランクには子どもたちが椅子に座って火傷しないようにといつもバスタオルを用意している。そのバスタオルを手に持ってそっと近付く。トカゲは気がつかないのか全然動かない。一ｍまで近づいた。そこでダー先生とトカゲの目が合った。その途端、今までまるで死んだようにじっと動かなかったトカゲが砂漠の方に走りだした。速い、速い。ダー先生は必死で追いかけた。

「こんなチャンスはめったにない。何とか捕まえて子どもたちに見せてあげたい」と。でも暑いクウェートでは靴ではなくてサンダルをはく。この日もサンダルだった。砂漠には、何もないようでも小さな棘のある草が所々に生えている。足が痛い。やっとトカゲ穴の一歩手前で追いついた。バスタオルを上からかぶせた。やった〜。トカゲはタオルの中で必死に暴れている。ダー先生も必死に押さえながら、車のトランクの大きなビニール袋に入れた。そのまま学校に走り、サソリを飼っていた六〇センチ水槽の中に入れた。大きい。尻尾が水槽にぶつかって折れ曲がる。ということは、七〇センチか八〇センチはある。あすなろっ子たちが喜ぶ顔が浮かんでくる。顔がひとりでに微笑んでくる。

翌日は、全校挙げて大騒ぎだった。サソリ以上の反応だ。みんなが水槽の前に集まってくる。すると、トカゲは大きくおなかを膨らませて、口から大きな息を吐く。子どもたちを威嚇しているのだ。子どもたちは、砂漠から棘のある草を取ってきてあげたり、ハエを捕まえて、羽をむしって入れてやる。慣れたものだ。

実際にクウェートのあすなろっ子たちはトカゲを飼うのは慣れていた。ダー先生がベイルートから来た途端、女の子がポケットから何かを取り出した。手をグーにしてそれを目の前に突き出す。先生をびっくりさせようと、アリか虫かを入れているんだなとダー先生は平気な顔でそれを受け取る。ナント手の中に入っていたのは五センチほどのトカゲだった。ダー先生は爬虫類はそんなに好きな方ではない。でもこんなことで躊躇していたら子どもに嘗められてしまう。さりげなくそれを子どもの手に返す。子どもたちは大喜びで次から次へとポケットから自分のペットを出してくる。トカゲもいるし、ヤモリもいる。それを自分の肩に乗せたり、頭に乗せたりして遊んでいる。えさはハエだ。砂漠には夏場を除いていつもハエがいる。日本のハエと違って動物につくハエだ。刺されると痛い。人間の目にも卵を生むなんて言われている嫌われものだ。当然教室にもいる。子どもたちは窓に止まったハエを捕まえると、器用に羽をむしる。そしてそれを自分のペットの目の前に置く。ペットのトカゲたちはこのハエが大好物だった。

このハエを入れてやっても、草を入れても、この大トカゲは全然食べようとしない。一週間しても一か月たっても食べた気配がない。ダー先生はシートン動物記のオオカミ王ロボを思い出した。ロボは人間がかけるどんな罠にもかからなかったが、妻のブランカを助けに行ったとき、ついに罠にかかって檻に入れられる。人間たちがロボに餌をやっても知らん顔で全然食べようとしない。

「人間が与えるものなんて口にできるか。俺はオオカミ王ロボだぞ」

というように、何も食べずプライドを守って静かに息を引き取る。

このトカゲもそんな感じだ。何も食べず、最初は子どもたちが近くに来ると威嚇していたが、それもしなくなってきた。あすなろっ子たちは、そんなトカゲの首にロープをつけて校庭を散歩しながら連れ回す。トカゲはそんなことをされても怒ることなく、いいなりになっている。私はあすなろっ子たちにトカゲの歌を教えてあげた。

♪「子どもがある日見つけたトカゲを緑の牧場で。子どもは毎日遊んだトカゲと緑の牧場で。子どもは大きくなったけどトカゲは追い越した。トカゲは子どもを背に乗せ…♪」

子どもたちはこの歌を聞いて、

「先生、トカゲを砂漠に返してあげよう」

と言い出した。そこでいつかサソリを見つけた空き地に連れて行った。トカゲは突然の自由にとまどいを感じていたようだったが、最後にさよならをするように子どもたちの方を振り向き、近くのトカゲ穴に入って行った。

日本人学校は転入、転出が激しい。後から日本からきてこのトカゲの話を聞いたあすなろっ子が、

「先生、私たちもそんなトカゲを一度でいいから見てみたい。また、見つけてきて」

と言い出した。でもあんなチャンスは二度となかった。仕方なく友人と砂漠に行ってトカゲ穴を掘ってみた。クウェートの砂漠は学校のグランドのように固い。掘るのは大変だった。しかもトカゲ穴は真っ直ぐ下にあるとは限らない。穴の周辺三ｍほど、深さも二ｍも

掘らなければならなかった。大変な労働でへとへとになったが、やっと二匹のトカゲを見つけた。でも前ほどは大きくなく、三〇センチぐらいの大きさだった。これは、一週間ほどで逃がしてやった。

スイス林間学校の夢

ダー先生はクウェートではいろんな先生にお世話になったが、特に教頭先生であった鹿児島県から派遣された松崎先生には本当にお世話になった。ベイルートからの難民同然であるダー先生家族のために親身になって相談に乗ってくれ、いろいろ援助してくれた。最初に入った家が家賃が二十四万円もする住宅なのに、水は漏るし、お風呂もまともに使えない状態だったので、相談したら、住宅事情がとても悪いのにもかかわらず走り回って下さり、松崎先生の家の近くに古いけれど安くてもっと住みやすい住宅を見つけてくれた。家が近くだったので、ダー先生が車を買うまでの間、毎日のように送り迎えをしてくれた。また、妻が病気になってベイルートの病院に入院している間、毎日、ダー先生を食事に呼んでくれた。それどころか松崎先生の奥さんも日本人学校の先生だったので、子どもたちの世話や家事の手伝いに日本からかけつけていた妹さんがダー先生の分のお昼の弁当までも作ってくれた。そんな縁で先生と話し合う機会が一番多かった。

ダー先生は、ベイルート生活の半年間で、今までの人生で経験したことのないほどの恐ろしい体験や異常な体験をしていた。

内戦による休校続きであすなろっ子たちと会えないイライラの毎日を過ごしたこと。内戦の真っ最中に必死の思いで弾の下をくぐって通った決死の学校通い。覆面のガンマンにマシンガンを目の前に突きつけられて、思いっきりのジャパニーズスマイルでなんとか切り抜けて通ったラオシェでの家庭分散授業。ベイルート情勢急変のため、急に帰国せざるをえなかったあすなろっ子たちとのさよならも言えなかった突然の別れ。兄弟のようになれ親しんで来たアリさんファミリーとの涙の別れ…この半年間で受けた心の傷は真っ黒だった髪の毛を真っ白にする程だった。

でも、十一月のクウェート転任から、松崎先生が帰国するまでの四か月間、毎日のように話をする中で、ダー先生の心の傷も日増しに癒えて来て、髪の毛も黒さを取り戻して来た。自分の苦しい体験を自分の事のように親身になって受け止めてくれた松崎先生の温かさのお陰だった。

その先生との話でいつも話題に上ったのは、長い二か月間の夏休みの子どもたちを何とかしてあげたいと言う事だった。クウェート日本人学校開設時からいる先生は、心から学校のこと、子どもたちの事を気にかけていた。

クウェートの夏は厳しい。六月から気温は三五度を超えて七月、八月には日陰でも五〇度になる。その間、学校は二か月間の夏休みになる。日本だったら、二か月も夏休みがあっていいなと喜ぶところだけど、クウェートの日本人学校の子どもたちはそうはいかない。日本人学校の子どもたちの家はサルミアという地区に多いが、でも一軒一軒は離れている。三百メートル、五百メートル離れていると、五〇度を超える炎天下を歩くのは危険である。また、日本と違って外を自由に歩ける環境ではない。

クウェートでは、女性が一人で外を歩く姿は殆ど見られない。市場（スーク）での買い物も男の仕事で、女性の姿は目にしない。イスラムの風習で、女性は家の中にいるもので外には殆ど出さない。しかも、道路工事や市場などで働く労働者は殆どイランやパキスタンなどの外国からの出稼ぎ労働者である。彼等は家族を国に残して単身で働きに来る。そこで、クウェートでは、日中でもほとんど女性を目にする事がない。ということは、たとえ子どもであっても、女の子が外をひとり出歩くのはとても危険になる。

実際にこんな事があった。日本人学校では、夏に海水浴を行う。クウェートの海岸は殆どクウェート人のプライベートな海岸になっていて、パブリックな海岸は少ない。日本人学校の子どもたちはクウェート人の海岸に入れないのでパブリックの海岸で泳ぐ事になる。ある日、その海岸で、水遊びをしたり、カニとりをしたりして遊んでいたら、ちょっと離れたところで、

「先生、助けて」

の声。子どもが溺れたのかとダー先生は慌ててそちらに走ったら、二、三人の四年生の周りを労働者らしい外国人が何人もでぐるっと囲んでいる。その目は、子どもたちの水着の上にはりついている。まるで、なめるような目だ。

「何をしてるんだ」

と日本語で怒鳴ってダー先生は子どもたちを背後にかばいながら海岸の方に逃げた。それでも彼等はじりじりとにじり寄ってくる。とにかく気持ちが悪い。ちょうどその時、たまたま海岸をパトロールしている警官が来て、笛を吹いて彼等を追いやってくれたので事なきに済んだが、とにかく気持ちの悪い光景だった。

また、こんなこともあった。校長先生の奥さんが一人で買い物をしていたら、一台の高級なアメリカ車がずっと横に付いてくる。店に入って、出てきても表で待っている。そし

て、奥さんの行く方にどこまでも付いてくる。気持ちが悪いので奥さんは小走りで自分のフラットに走り込もうとしたら、車から降りてきたクウェート人にお尻を触られてしまった。

「五十にもなるのに男の人にお尻を触られるなんて、日本じゃ考えられないわよね。クウェートでは私もまだ女で通用するのね」

と笑っていた。これは笑い話で終わったが、こんな危険がクウェートの生活ではいつ起こるか分からない。そこで、子どもたちは、夏休みの間、お父さんが時間を縫って送り迎えをしてくれない限り家の中で仲良しの友達にも会えず、じっと二か月間過ごさなければならない。これは、子どもたちにとってとても苦痛な事だ。

それでも、商社などに勤めている家族は一、二週間休暇がもらえるので外国に旅行に行ったりしてエンジョイできるが、大成建設や石川島播磨重工業など現場で働くお父さんを持つ家庭では、納期が決まっているので休みもそうはとれない。クウェート日本人学校ではこんな家庭の子が結構いた。

ダー先生は、青少年赤十字リーダーシップ・トレーニンダセンターのことが頭に浮かんだ。

青少年赤十字では、夏休みに各学校のリーダーを養成する目的でキャンプを持つ。小学生は二泊三日、中学生は三泊四日、高校生は四泊五日。「気づき考え実行する子」を合い言葉に生活する子どもたちはこのキャンプで大きく成長する。こんなキャンプがクウェート以外の国で持てたら、日本人学校の子どもたちは大きく成長する。砂漠の国クウェートから行くには緑の多い国に限る。子どもたちは緑に飢えている。その国は、平和な時なら、近くて緑も多くて自由な国レバノンが一番だけど、今は戦争状態なのでダメだ。行くならスイスだ。砂漠の国から緑のスイス。子どもたちへの最高のプレゼントになる。松崎先生との話は大いに盛り上がる。でも残念なことに松崎先生の任期が三月に切れて先生は帰国してしまった。

「原田さん、頼むよ。日本人学校の子どもたちのために何とかスイス林間学校を実現してね」

これが、先生の最後の言葉だった。ダー先生にしても、夢で終わらせたくない。ダー先生の「気づき考え実行する」が始まった。ダー先生の今までの体験で、一番味方になってくれるのはお父さん、お母さんだ。四月になってから、会う人会う人に「スイス林間学校」の夢を話した。

「先生、そんな夢が実現するなら、うちの子は参加させますよ」

「先生、嬉しいですね。うちは、仕事が現場なので夏休みに子どもたちをどこにも連れていってあげられない。そんな事がかなったら、本当に助かります」

だんだん話が実現性を帯びてきた。次は校長先生だ。

この時の校長先生は、学生時代にフランス語を勉強するためにベトナムに留学したという変わった経歴を持った方で、教師の自主性をとても尊重される方だった。ダー先生は、毎晩のように貴重なウイスキーを持って大橋校長先生宅を訪ね、熱心に話をした。

その中で、ダー先生が強調したのは、

「海外の日本人学校の児童・生徒は短い間しか滞在しないし、入れ代わり立ち代わりの転出入で落ち着かなく、愛校心が育ちにくい。クウェートの場合は、ヨーロッパ等への赴任と違って、どちらかというと子どもたちもお母さんも仕方なくお父さんについてきたという家族が多い。できたら早く帰りたいと思っている。そんな子どもたちに、『クウェート日本人学校にいて良かった』というものを体験させてあげたい。また、子どもたちは、暑いクウェートの生活で外で思いっきり遊ぶこともできなくて体力も落ちているし、ストレスも溜まっている。緑いっぱいのスイスで思う存分自然と触れあわせたい」

ということだった。さすがの大橋校長先生も、海外の日本人学校で、海外にキャンプに行くなんて事は多分初めてのことなので、ちょっと慎重になったが、日本の校長先生と違って、

「そんな前例のないことはできない」

とか、

「そんな外国から外国にキャンプに行くなんてとんでもない」

といったことは一言も言わなかった。先生なりに、可能性を探っていたのだろう。ある日、

「原田さん、職員会で先生たちの賛同を得られたら、学校運営理事会に提案してみましょう」

と言ってくれた。これを聞いてダー先生はほっとした。この時のクウェート日本人学校の先生たちはいい先生がそろっていた。いい先生というのは、子どもたちの事を常に頭に置いている先生という意味である。ほとんどの先生がダー先生の提案に賛成してくれた。ところが、一番頼りにしていた熊本出身のS先生が反対した。

「原田さんの言うことは良く分かる。でも、こんな厳しい環境のクウェートに自分の家族

を二週間も置いて行くことは自分にはできない」

S先生の言うことも尤もだった。クウェートでは、買い物も女性はしない。二週間、買い物もできないのでは生活ができない。この件は、校長先生がドライバーのナジーブさんに頼んでくれることになった。職員会の最後にまたS先生が、

「私は行くことはできないけれど、私はクウェートに残って、スイスに行かれる先生の家族の面倒をできる限り見ましょう」

と言ってくれた。ありがたい申し出だった。これで職員の気持ちはひとつになった。

次は、学校運営理事会だ。日本人学校は、公立の学校ではない。その国に会社や駐在員を置いている会社がお金を出し合って設立した私立の学校である。教員は外務省から派遣されるが、学校の運営は日本人会から選ばれた運営委員によってなされる。ここでは、大橋校長の努力が功を奏した。また、理事の方々も学校の事、子どもの事を真剣に考えてくれていた。話はとんとん拍子に運び、二十人の参加が得られたらやってもいいということになった。

次は、キャンプ地だ。ダー先生がスイスを候補地として考えた時、スイスは赤十字発祥の地だから、当然トレーニンダセンターをやっているキャンプ場がたくさんあるはずだ。橋

本祐子先生なら分かるはずだ。ダー先生は早速橋本先生に手紙を書いた。

橋本祐子先生との出会い

ダー先生は、教員になって二年目に斉木先生という素晴らしい女性の先生に出会った。その先生は隣の組の先生だったが、その先生になったら隣のクラスが明るくて活発なクラスに変身した。学校に来るのが楽しくてしようがないという子どもの様子が傍で見ていても分かるくらいの変わりようだった。ダー先生は、若さと熱意ではその先生に負けないという自信があった。毎日子どもたちと休み時間も放課後も遊び、いつも子どもの事を考えていた。それなのに学級経営では斉木先生にはかなわないなといつも感じていた。その先生のクラスに行くと、「ありがとうカード」というのが壁にはってあった。児童一人一人のカードがあった。友だちの誰かに優しくしてもらったら、この「ありがとうカード」に、

「…ちゃん、私が校庭で転んだ時、保健室に連れて行ってくれてありがとう」

とか書いて入れるのだ。お互いに子どもの良さを認めあうので、優しい子どもに育つわけだ。先生は、自分では、子どもと遊ばないけれど、遊ばせ方がとても上手だった。子ど

もたちが何かですごくがんばったときなど授業中でも子どもを遊ばせる。子どもたちは、こんな嬉しいことはないからもっとがんばる。こうやって、他の先生とはひと味もふた味も違うやり方で子どもの可能性を引きだしている。

「先生、どうして先生のクラスはそんなに子どもたちが生き生きとしているんですか。コツを教えて下さい」

「原田さん、JRCを勉強してみたら」

「JRCって何ですか」

「私がいた前の学校では、JRC（青少年赤十字）に加盟していて子どもたちが『気づき考え行動する』ことができるようにいろいろ工夫をした活動をしてきたのよ。子どもは活動を通して成長するものよ」

ダー先生は、JRCのことは何も知らなかった。調べて行くうちに、何と自分がいる崇善小学校もJRCに加盟していることが分かった。しかも県下で一、二位を争うくらい古い加盟校だったのである。ただその頃は活動は全くされていなかったが……。

ダー先生は、早速校長先生に頼み込み、JRCの担当にしてもらった。そして、神奈川県のJRCの会議に参加した時に、静岡県の御殿場で全国の先生たちが集まる研修会があると聞き、一週間の研修会に参加させてもらった。ここで、ダー先生の教師としての生き方を運命付けることになる橋本祐子先生と出会ったのである。

この時、橋本先生は赤十字の本社の青少年課の課長をされていた。その人間としての大きさ、人を引き付ける話術の巧さ、そして人を魅了するカリスマ性を持っていた。休み時間には先生の周りには必ず人垣ができた。その講義はひとつひとつダー先生の脳にビンビン響いた。子どもへの温かいおおらかな愛情、世界を視野に入れた幅広い見識、そして赤十字の人道・博愛の精神を語る先生の姿にいつの間にかすっかり橋本先生のファンになっていた。

御殿場から帰ったダー先生は、まるで人が変わったように行動するようになった。若さと熱意だけではない何かが確実にダー先生の中に息づいていた。子どもたちもダー先生の変化に合わせるように大きく成長してきた。

翌年、何とその橋本先生から御殿場大学（ＪＲＣの教員仲間ではこの研修を御殿場大学と呼んでいた）の本部スタッフに来てくれないかとの要請がきたのである。

後日、橋本先生に、

「まだ教員になって三年目の自分にどうしてそんな大役を与えてくれたのですか？」

とお尋ねしたら、

「原田さん、赤十字に年齢も経験もありませんよ。やる気と将来のＪＲＣのリーダーになる人と思ってあなたを選んだんですよ。私の思った通り、あなたはこうやってＪＲＣのリーダーになったじゃありませんか」

と笑って答えてくれた。

その頃、橋本先生は美智子妃殿下の教育係をされていた。その美智子妃殿下が皇太子殿下とバングラディシュを訪問されることになり、そのお土産に子どもたちが喜んでくれるものを持って行きたいがと橋本先生に相談された。橋本先生は、

「それなら青少年赤十字の子どもたちは、『親善アルバム』といって、学校や日本の紹介や習字・絵画などの作品を入れたものを作って外国に送っていますが、どうでしょう」

とお答えになると、美智子妃殿下は、

「それはバングラデシュの子どもたちも喜んでくれるでしょう」

とそのアルバムを持って行って下さることになった。そしてこの話が全国の青少年赤十字の加盟校に連絡された。ダー先生もこのことを子どもたちに話すとみんな大喜びで、張り切って今まで以上に力を入れて素晴らしいアルバムを作り上げた。そしてなんとダー先

生と子どもたちで作ったこのアルバムが美智子妃殿下の手土産に選ばれ、海を渡ることになったのである。

一冊のアルバムがバングラディシュのJRC誕生のきっかけに

ちょうどその頃、橋本先生の弟子でもある吹浦さんが、国際赤十字の派遣でバングラディシュの洪水を防ぐための活動をしにバングラディシュに行っていた。日本から来たアルバムを見た吹浦さんは、お礼の返事を日本の子に送ろうとバングラディシュの高校生に呼び掛け、返事のアルバムを作った。これを機会に今までJRCのなかったバングラディシュにJRCが誕生したのである。

一年後に、吹浦さんが帰国してきてバングラディシュの高校生が作ったアルバムを持ってダー先生の学校を訪ねてきた。自分たちの作った一冊のアルバムがバングラディシュにJRCを作ったと聞いて、子どもたちは大喜びをした。日本から来た一冊のアルバムを戸棚にしまいこまずに、その返事を書こうと高校生を集め、それが完成した後も、せっかくこれだけの活動を一過性のものにしないでグループとして活動して行こうと組織化した吹

吹浦さんとアルバム

浦さんの行動力に、赤十字の「気づき考え実行する」の精神を教えてもらったような気がしてダー先生はとても嬉しくなった。

橋本先生は、一九七一年に赤十字を退職され、アンリー・デュナン研究所を設立され、デュナンや赤十字、青少年赤十字について研究を深められていた。そして、一九七二年に今までの功績が認められ、アジアで初めて、女性で初めて、生きている人で初めてのアンリー・デュナン賞を受賞された。

ダー先生が、スイスでキャンプをしようと相談をした頃、橋本先生は「私のアンリー・デュナン伝」の資料集めにたびたびスイスを訪問されていた。その橋本先生からの返事は意外なものだった。

「原田さん、トレーニングセンターというのは日本だけのもので、スイスにはありません。スイスの赤十字は山岳救助や災害救護、血液事業などが盛んで、青少年赤十字は影が薄く、原田さんがお探しのようなそんな宿泊施設はありません」

ダー先生は驚くと共にがっかりした。トレーニンダセンターは、橋本先生の「気づき考え実行する」の実践だったのだ。でも、

「私も六月下旬からデュナンの亡くなった地ハイデンにいます。時間が許せばいつでもお手伝いしますよ」

と言ってくださったので、ダー先生は勇気百倍だった。

橋本先生の線がダメになってキャンプ地をどうしようかと迷っていた時に、朗報が飛び込んできた。大橋校長先生が、あるパーティに出席した時、在クウェート・スイス大使に会う機会があり、得意のフランス語でお話をしたら、

「私の故郷、スクオールはどうですか？　チューリッヒからバスで四時間、オーストリアに近い山あいのとても美しい静かな村ですよ。私の友人が村長をしているので紹介状を書きますよ」

とスクオールという村を紹介してくれた。スイス大使の出身地だし、村長にも紹介状を書いてくれるというので、渡りに船とこの話に飛びついた。それからは、話がとんとん拍子に運び、スイス大使の援助もあって、スクオールのケレンホフホテルというペンションに滞在することに決まった。期間は、七月五日から二週間。付き添い教師は、大橋校長先

生、ダー先生、それにその年赴任した二人の男の先生の四人。参加児童生徒は小学校三年生から中学校一年生の十七名。橋本先生の応援のニュース、スイス大使の口添えは外国での初めての林間学校というダー先生たちの不安を吹き飛ばしてしまった。

それにしても、ダー先生はここまでよく順調に来れたなと思った。日本ではこうはいかなかった。新しいことを始めようとすると、先輩の先生たちから必ず横やりが入る。それが、教育上いいか悪いか、子どものためになるかとかいう議論は殆どなくて、そんな前例のないことをどうして今やる必要があるんだ、という考えだ。新しいことを始めるのには、大きなエネルギーを必要とする。できたらそんなことは避けたい。今まで通りでいいじゃないかと。それでも、教育委員会から来たもの、校長から来たものはいわゆる上意下達で、たとえ反対があっても仕方なく従う。下からの意見はたとえ子どもにとっていいものであっても、ほとんど相手にされない。

ダー先生はいつもこの点で先輩たちと意見が食い違った。ダー先生が赤十字から学んだことと教育現場とがあまりにもかけ離れていたからだ。子どもたちの立場に立って、「気づき考え実行しよう」とすると、この先輩たちの保守的な姿勢とぶつかってしまう。こうして、挫けそうになったことが何度もあったが、それでも挫けずに諸先輩たちと意見を戦わせてきたのは、常に子どもたちの声が後押ししてくれたからだ。ダー先生が海外日本人学校を希望した一つの大きな理由に、海外ならもっとのびのびと教育活動ができるのではないかという期待があったからだ。このスイス林間学校では、いろんな幸運がダー先生の発想をプラスに導いてくれた。大橋校長先生の枠にとらわれない自由な発想、学校運営理事会の学校や子どもたちに対する深い思い入れ、厳しい環境に身を置いているわが子に何とかいい思い出を作ってあげたいというお父さん、お母さんの我が子への愛情、それに仲間の先生の温かい支援…。こんな幸運に支えられて初めての海外でのスイス林間学校はスタートした。

スイス林間学校

七月五日いよいよ二週間にわたるスイス林間学校のスタートだ。十二時五十五分発のスイスエアーでチューリッヒに向かう。飛行場は、初めて海外に子どもだけで出すお父さん、お母さんの不安顔も見えるが、子どもたちはこれからの楽しい旅のことを思ってかもう大騒ぎだ。ところが、乗り込んだスイスエアーが、グループだから同じ席にしてくださいと予約の時にお願いしてあったのに、子どもたちの席はバラバラ。一人で座る子もいる。ダー先生はスチュワーデスにかけあったが、途中のアテネからはグループにするのでそれまで我慢してほしいとのこと。子どもたちの不安な思いを取り除こうと、ダー先生はアテネまで子ども一人一人に声をかけて回る。アテネに着いたら、後部座席に一緒に座れるようにしてくれたので子どもたちは、今までの緊張もやっと解け、ほっとして友だちと語り合う。八時間かかってチューリッヒの飛行場に到着する。ここに何と橋本先生からの連絡を受けて、村上直子さんが迎えに来てくれていた。彼女はフランス語がペラペラなので大助かり。スクオールへ向かう観光バスが待っているところもちゃんと調べていてくれたので、通関後スムーズにバスに乗り込むことができた。さらに嬉しいことに、直子さんはスクオールまで一緒に行ってくれるとのこと。心強い味方がついてくれてダー先生はほっとするとともに橋本先生の温かい配慮に感謝する。

スイス大使に紹介された時は知らなかったが、スクオールという所は歴史的にものすごい所だったのだ。スクオールはスイスの東南端グラウビュンデン州のエンガディン渓谷の中にある。ここは深い渓谷の中にあったため、後の侵略者の影響をほとんど受けず、フランスやドイツの影響もほとんど受けなかったため、現在でも古代ローマ人が使っていたローマンシュ語という全世界で五万人しか話す人がいないという言語を話す地域だったのだ。バスがエンガディン渓谷に入ると、こんな狭いところを五十人乗りの大型バスが通れるわけがないというほど狭いヘアピンカーブをベテランドライバーは擦ることもなく見事に通って行く。その見事さに子どもたちから自然に歓声と拍手が起こる。砂漠の国クウェートから来た子どもたちにとってスイスの緑は感動そのもの、

「ワー緑だ。花がいっぱいだよ。先生、雪だよ。雪、雪、雪がある」

バスに酔うどころか、興奮しっぱなしだった。五四度もある真夏のクウェートから、雪のあるスイスに来たのだから、無理もないことだ。ダー先生は大はしゃぎしている子どもたちを見ながら、やはりスイスに来て良かったとつくづく思った。

スクオールのケレンホフホテルに着いたのは、クウェート時間真夜中の二時だった。宿の女主人のカルメンさんの歓迎を受け、すぐに部屋割りをしてとにかく子どもたちを寝かす。さすが長旅と興奮で疲れたのだろう。一時間後に見回りに行った時は子どもたちはぐっすり寝込んでいた。

翌朝、子どもたちの声とドアをたたく音で、ダー先生は目を覚ました。時計を見るとまだ六時だ。二時間しか寝ていない。子どもたちだって三時間しか寝ていない。

「どうしたんだい」

とドアを開けると、飛び込んできた中学一年生の栄君が窓を開ける。

「ワァー」

ダー先生も大きな声をあげた。真っ青な空に朝日を受けて赤く染まった山が目に飛び込んできた。それは見事な景色だった。二千五百メートルを超えるスイスアルプスの山が目の前にあって雪渓が朝日で赤く染まって光り輝いていた。青と赤と白と緑がいっぺんに飛び込んできた。クウェートでは、白っぽい灰色しか目にしていないので、この青や緑は強烈だった。子どもたちの興奮もよく分かる。

早速、子どもたちと散歩に出かけようとすると、もう大橋校長先生が散歩から帰ってきたところだった。校長も興奮して眠れなかったのだろう。

「原田さん、空気がおいしいよ。きれいな村だね。こんなに朝早いのに村の人たちはもう起き出して活動をはじめているんだね。それなのに静かなんだよ。いいね、この静けさは」

スクオールの山

子どもたちと外に飛び出していくと、本当に空気がおいしい。清涼という言葉がぴったりだ。クウェートのほこりっぽい、独特の臭いがする熱い空気とは比べものにならない。朝早いので車も走っていない。静かだ。その静けさの中で小鳥の声だけが聞こえる。

ちょっと歩くと村の広場に出た。広場の真ん中に、水飲み場がある。

「ワァー、ペーターが山羊に水を飲ましていたのと同じだ」

スクオールの噴水

「ダー先生、この水飲める?」

「もちろんだよ」

「ワァー、冷たい。おいしいー」

「先生、こっちの水はサイダーみたいな味がする」

『アルプスの少女ハイジ』の中でペーターが山羊たちに水を飲ませていたあの水場だ。二本の蛇口から水が出ている。一つは普通の水で、もう一つはサイダーのような味がする。冷たくて気持ちがいい。ここスクオールはバッド・スクオールともいう。バッドとは鉱泉を意味するらしい。この鉱泉がこの蛇口から出ているのだということは後で分かった。

クウェートでは水は飲めない。飲み水はミネラルウォーターを買ってくる。うっかり水道の水に触ると火傷をする。水タンクが屋上にあるので、熱くなっているのだ。飲める水、冷たい水に子どもたちはキャアキャア言いながら口に含んだり、顔を洗ったり大はしゃぎだ。

広場の周りには、独特の家が建ち並んでいる。ここスクオールはエンガディン渓谷の一番奥にあり、オーストリアとイタリアが近いのでそれが混ざったような建物が多く、スイスでも珍しい家が見られるので、スイスの子どもたちもここによくサマースクールに来るらしい。窓の周りや玄関ドアの上などにいろんな模様が描かれている。その家の紋章だったり、ただのデザインだったり、それが真っ赤なゼラニウムに映えて美しい。屋根の形も独特だ。

広場からちょっと下ったところに教会がある。とてもシンプルな教会だ。その隣を川が流れている。雪解け水が流れているのだろう。冷たそうな青い水が気持ちよさそうだ。その川に木の橋が架かっているのだが、その橋に屋根がある。

「先生、屋根のある橋なんて初めて見た」

ダー先生も初めてだった。しかも壁まである。木の橋というより、川に木の家が乗っかっている、そんな感じだ。

「先生、渡ろうよ」

という声にふと時計を見ると、もう朝食の時間が迫っている。

「もう朝食の時間だよ。これから毎日来れるからまた来ようね」

「ワァー、ワァー」の連続の朝の散歩だったが、ホテルに戻るとまたワァーが待っていた。

アルミンさんの料理は世界一

待っていたのは、白いほかほかのパンに、しぼり立ての牛乳だった。そのおいしいこと。昨日は、三時間しか眠っていないのに食べるわ食べるわ…。パンの山がすぐになくなってしまう。すると、すぐお代わりのパンがまた山となって出てくる。食べ放題なのだ。

アルミンさんは、このケレンホフホテルのオーナーであり、シェフだ。ドイツ系のスイス人である。彼を助けるスタッフは、奥さんのやさしいカルメンさんとユーゴスラビアから毎年出稼ぎにやって来るという陽気なストーヤンとステファノビッチ。女性は、ユーゴスラビアのビッテシェーンのおばさんと学生アルバイトのモーリックさん。ビッテシェーンのおばさんは、子どもたちがお代わりするたびに、

「ダンケシェーン」

と覚え立てのドイツ語で礼を言うと必ず、

「ビッテシェーン」

と返すので、みんなは「ビッテシェーンのおばちゃん」と呼んでいた。

朝食は、パンに牛乳、それに卵料理に軽いサラダがつく。昼食は、野菜中心の献立。夜は肉中心のフルコース。スープはお代わり自由。いずれもおいしい。つい子どもたちが食べ過ぎるので食べ過ぎないように注意するほどだ。二週間滞在していて一日として同じメニューがない。毎日メニューが変わるのだからすごい。

こんなことがあった。昼食はスープが出ないのだが、散歩に出かけて雨に濡れてふるえて帰ってきたら、特別にスープが出てきた。この温かいサービスには子どもたちも感激していた。身も心も温まるスープだった。ダンケシェーン、アルミンさん。

スクオールの一日

スクオールの一日は六時半の起床で始まる。冷たい水で顔を洗うといっぺんに眠気も覚めてしまう。七時から朝の集い。村のタータントラックのグランドを借りてラジオ体操やボール運動をして眠っている体を起こす。帰りはホテルまでじゃんけんをして、負けた人は勝った人をおんぶして帰る。これで、すっかり眠気は吹き飛ぶ。七時半、朝食。スイスのパンは美味しいのでつい食べ過ぎてしまう。食後はＪＲＣのトレーニングセンターでやるようにホームルームごとに健康観察をして、その日の目当てを話し合う。

午前中は日記を書いたり、クウェートの家族に手紙を書いたり、大橋校長先生にドイツ語で（お早う……グーテンモルゲン）（今日は……グーテンターク）（ありがとう……ダンケシェーン）（どういたしまして……ビッテシェーン）などのかんたんな挨拶の言葉を教わったり、スイスの歴史や赤十字の生みの親アンリー・デュナンのことを勉強したり、プレゼント用に日本から持ってきた切手で「切手アルバム」を作ったり、和紙でしおり人形を作ったり、紙飛行機やたこを作ってアルプスの空に飛ばしたり、すばらしいスイスの景色を写生したりと静的な学習を組み、午後は、普段緑を味わえない子どもたちに思いっきり緑を楽しんでもらおうと、近くの村や山にハイキングに行ったり、また、スキーで有名なサンモリッツや国境を越えてオーストリアのインスブルックに出かけたりと、動的な学習を計画した。

子どもは小さな親善大使

村を散歩していると、向こうからお年寄りの夫婦がやってきた。子どもたちは、大橋校

長先生から習ったばかりのドイツ語で、

「グーテンターク」と自信なく、小さな声で挨拶をする。すると、おじいさんから、

「グーテンターク」

と力強い挨拶が返ってきた。初めて使うドイツ語が通じたんだ。子どもたちはそれから自信を持って、会う人、会う人に声をかける。みんなそれに必ず答えてくれる。家の前で、ひなたぼっこをしている人、屋根に登って修理をしている人、みんな笑顔で手を振ってくれる。一週間もしたら、このクウェートからやってきた小さな日本の子どもたちは小さな村の中ですっかり有名になってしまった。

スイスの子どもと交歓会

近くの山にハイキングに行こうと駅でゴンドラを待っていたら、すぐ前のペンションの二階のベランダでスイスの子どもたちが数人並んで通りを見ている。我々と同じようなサマースクールの生徒のようだ。早速、いつものように、

「グーテンターク」

と挨拶をしたら、「ワッ！」と言って子どもたちが飛び出してきた。その数三〇人ぐらい。我々が日本人だと分かると、あっという間に子どもたちを取り囲んでサインをねだる。子どもたちが、漢字でサインをすると大喜びで手だけでなく、二の腕をまくってそこにも書けとねだる。挙げ句の果ては、おなかを出してそこにも書けという女の子まで現われる始末。もう子どもたちはもみくちゃだ。ゴンドラが近づいてきたので切手アルバムをあげたら大喜び。お礼のしるしに突然歌が飛び出す。一人一人が生き生きしていてとても元気がいい。見事な声量とハーモニーがスイスの山に響き渡った。

「みんな、みんなも楽しい交歓ができたお礼に歌を歌って別れよう」

と言って、こちらもお得意の「すいかの名産地」という歌を歌った。ところが、スイスの子どもたちのものすごいパワーに圧倒された子どもたちの声は、アルプスの山に吸収されて蚊の鳴くような声になってしまった。ダー先生が、

「もっと元気に」

と声をかけても、普段ならすぐに反応するのにこの日は全然だめだった。ダー先生は、この時ほど恥ずかしい思いをしたことはなかった。これは、一七人と三〇人の人数の差ではなかった。

ゴンドラが来たのでまたの再会を約束して別れた。
二、三日後、スイスの子どもたちから声がかかって、今度は彼らのペンションでダンスパーティをした。普段、ダンスなどしたことがないので、最初はとまどっていたり、恥ずかしがって引っ込んでいた子どもたちもスイスの子どもたちの上手な誘いに引き込まれ、九時に帰る予定が一〇時をまわってしまった。

ホテルの素敵な仲間たち

ケレンホフホテルは、名前はホテルだが、学生対象のペンションだ。七〇名ほど泊まれる。カルメンさんたちの心温まるサービスとアルミンさんの美味しい料理が人気を呼んでいるのだろう。この時も、我々以外にベルギーの若者たち、オランダのおじいさん、おばあさんそれぞれ二〇名ほどが泊まっていて満室だった。普段は、それぞれ別行動をとっているが、食事の時間は決められているので一緒になる。

我々は、食事の前に必ず「ごはんのうた」を歌う。これは「線路は続くよどこまでも」の替え歌で日本でもキャンプの時などに良く歌う。ある日いつものように、

「ごはんだ、ごはんだ。さあ食べよう。風もさわやか心も軽く、みんな元気だ。感謝して。楽しいごはんだ。さあ食べよう。……いただきまーす」

と言って食べ始めようとしたら、突然ベルギーの若者たちのグループから拍手が起こったと思ったら、今度はベルギーの若者たちが一斉に歌を歌い出すではないか。子どもたちは、最初びっくりして見ていたが、途中から笑顔に変わって、歌が終わると同時に大きな拍手で応えた。

「ダー先生、すごいね」

「うん、うれしいね。みんながいつも食事の前に歌を歌うのを最初は不思議がって見ていたようだけど、君たちの楽しそうな顔を見ていて、よし、今度はおれたちでやろうぜ！と話し合っていたんだろうね」

それは、見事な歌だった。それからは、ますます元気な「ごはんのうた」が食事前に響きわたり、ベルギーの若者たち、オランダのおばあさんたち、そして台所からアルミンさんたちが笑顔と拍手で応えてくれた。この食事の時のさわやかな交流は最後の日まで続いた。

毎日、夕ご飯の後に我々は食堂で夜の集いを持った。一日の終わりを楽しくゲームなどで過ごそうというものだ。歌の交歓があった日の夜にいつものように夜の集いを持っていたら、オランダのおばあさんがのぞいてきた。

「どうぞ、お入りください。一緒に遊びましょう」

と招き入れると、何人かのおじいさん、おばあさんが入ってきて、我々の歌やゲームを見ていた。そのうちだんだん人数が増えてきて、お年寄りグループの人たち全員が集まってきた。そして、今度は、おばあさんたちがオランダのフォークダンスを踊ってくれた。その後子どもたちにもフォークダンスを教えてくれた。一人のおばあさんが、ダー先生に話しかけてきた。

「あなたの子どもたちは本当にかわいいですね。いつも廊下や階段などで会うと、必ず『グーテンターク』と声をかけてくるんですよ」

ダー先生はこれを聞いて本当に嬉しくなった。ダー先生はいつも子どもたちに言っていた。

「いいかい。こんなスイスの小さな村に日本の子どもたちが大勢でやってくるなんて、多分今までもなかったし、これからもないかもしれない。君たちがやることは、原田淑人とかいう個人がやったことではなくて、日本人の子どもがやったことだと思われるよ。だか

小さな友だちリーナ

ら、日本を代表しているつもりでここの人たちと接していこうね」

と。それを子どもたちは実践していたのだ。

小さな友だち

ある日、村の中心にある泉の側で写生をしていたら、近くの村人や通りすがりの観光客がのぞきこんでくる。日本人の子どもがこの村でキャンプをするのは初めてで珍しいのだろう。子どもたちは、その中に子どもがいるとすかさず用意していた切手アルバムやしおり人形をプレゼントする。みんな大人も子どもも大喜び。互いににこにこ顔になる。その中に一人の十歳くらいの色が白く瞳の色が真っ青なかわいい女の子が、近くだから自分の家に遊びに来いと手招きをする。その子の名はリーナ。リーナがしゃべれるのはローマンシュ語だけ。言葉は通じないがそこは子ども同士。何とか身振り手振りで話が通じる。

リーナの家に入ると骨董品がずらりと並んでいる。その一つ一つをこうして使うのだと一生懸命に身振りで話すリーナの生き生きとした顔。今の日本人にリーナのように祖先の知恵をたたえることがあるだろうか。リーナの表情から何かをつかんでくれたらと願う。その後、リーナ姉妹とはすっかり仲良くなり、一緒にプールで遊んだり、夜の集いに友だちと遊びに来てローマンシュに伝わる歌を歌ってくれたりした。

ローマンシュの村の人たち

ある日、大橋校長先生が、

「原田さん、いい店を見つけてきたよ」と言って見つけてくれた店がエリザベートの店だった。昼間はレストラン、夜はバーになる。エリザベートは二十代前半のアランドロンを女性にしたような美人で、このレストランの娘である。

子どもたちが寝た後時々通うことになったのは、エリザベートの美しさに惹かれたのももちろんあるが、その店の雰囲気に惹かれたからだ。最初に訪れたとき、私たちは、店の端の方のテーブルに案内された。白ワインと生ハムが最高に美味しかった。エリザベートは最初の一〇分ほどは私たちに付き合っているが、そのうち中央のテーブルに移ってしまう。どうもここは常連客の指定席らしい。二、三回通ううちにダー先生もこの常連客の中に入りたくなった。エリザベートにいいかいと聞くと、にこっと笑って常連客の真ん中に席を移してくれた。この常連客はみんなこの村の人たちだ。ほとんど毎日同じ顔ぶれだった。学校の先生、郵便局長さん、大工さん、獣医さんなど。男性、女性入り交じって毎日、ギターを弾きながら歌を歌っていた。ダー先生もすぐ日本の歌を歌って仲間に入った。もうこうなると十年も前からの友達だ。ワインをおごりおごられる。生ハムやスイスのチーズが次々に出てくる。女の先生には、ローマンシュ語を教わった。

「アレグラ…こんにちは。ブンディ…お早う。ブンナサイラ…こんばんは。ブンナノットゥ…お休みなさい。グランツィアフィチ…ありがとう。ユーワイヤ…元気かい。チーファーシュ…初めまして。アリワイルダマン…また明日」

「昨日、子どもたちと隣の村セントに行ってただろう。あの時、屋根の上から手を振っていたのがいただろう。このおれだったのさ」

大工さんが話しかける。

「隣村のフタンの学校に遊びに来ない?」

女子校の先生が誘ってくれる。

「本当にいいのかい」

「いらっしゃいよ。校長に話しておくわ」

「まだ国立公園に行っていないんだろう。君が見たいと言ってる鹿はここなら見られるぜ。ただし、朝早くじゃないとだめだけど」

「朝早くって、何時頃?」

「そうだな。ここを三時半には出なくちゃだめだな。行くときは、おれが案内してやるよ」

「うちの学校の理科の先生にも頼んであげるわ」

「ミスターハラダはここはいいとこだと盛んにいうけど、それは冬のすごさを知らないからだよ。このバーの前も雪が一メートルも積もるんだよ。一度冬にも遊びに来てごらん」

エリザベートのところにいるといろんな情報を得ることができる。

ハイキング

クウェートでは、緑にふれる機会がほとんどないので、毎日のように近くの村や山にハイキングに出かけた。この日は、ゴンドラで裏山まで登り、そこからアルプラーレットに行き、隣村フタンにゴンドラで下るというコースをとった。

朝九時、ゴンドラに乗る。青い空に真っ赤なゴンドラが映える。子どもたちは大はしゃぎだ。四人ずつ乗って駅に着く。ちょうどそこでハングライダーのトレーニングをやっていた。ダー先生は、その中にエリザベートのバーで会ったたこ野郎がいるはずだと思って探したが、顔までは見えない。三人が丘の上から飛ぶ。本当に鳥のように蝶のように空を飛ぶ。翼の赤や青が青い空と緑に映えて美しい。子どもたちはいつまでも釘付け、初めて見る人間だこに強く惹かれてしまったようだ。

ゴンドラの駅からプルイまで三〇分。花、花、花。すばらしい高原植物の洪水だ。天気も快晴で、周りの山々がくっきり見える。スクオールの村もタラスプやフタンの村も眼下にはっきり見える。頂上の方にある青い氷河が迫ってくるように見える。

「先生、何かいるよ」

「ウァ〜、ハイジに出てくるかわいいのだ」

プルイまで歩いていく途中で子どもたちがかわいいのを見つけた。プレイリードッグだ。「かわいい〜」と言って子どもたちが近寄ると、さっと穴の中に逃げ込む。そして、また五、六メートル離れたところから顔を出す。子どもがそちらに走ると、今度は反対側に逃げてそこから顔を出す。まるでいたちごっこだ。我々をおそれているようには見えない。どうも子どもたちをからかっているみたいだ。ハイキングの最初からこんな楽しい動物に巡り会えて幸運なスタートだ。

しばらくして、茶店で休む。この茶店は下見の時も立ち寄った。何とここの主人はチューリッヒの高校の校長先生だった。いつもはチューリッヒに住み、夏の間だけこの山小屋に来てお店を開いているという。うらやましい生き方だ。ここで二か月過ごせばすっかりリフ

プレイリードッグ

絵・北端綾

レッシュできるだろう。スイスの先生の豊かなバカンスの過ごし方にダー先生は深い感銘を受けた。ダー先生が声をかけると校長先生一家が飛び出してきて一緒に写真を撮り、子どもたちみんなにスイスのチョコレートをプレゼントしてくれた。周囲の景色のようにさわやかな気持ちになった。

アルプラーレットでたこを揚げる。よく揚がった。スイスの山に浮かぶ自作のたこ。

「先生、見てみて、揚がったよ」

初めてたこ揚げをした子も多かった。その初めてのたこが、スイスの山の上に浮かんでいるのだからこんな嬉しいことはない。

「先生、あの鳥こっちに来ないかな」

たこにびっくりしたのか、それとも仲間が来たと思ったのか、トンビに似た鳥が向こうの方で空中遊泳をしている。

帰りは、ゴンドラで隣の村フタンに降りた。スクオールよりも静かな村だった。ゴンドラに乗っていると、中継の塔のところでゴトンという音がする以外は何も音がしない。フタンではエリザベートのバーで会ったユーランダ先生の学校を訪ねた。ここの子どもたちは寄宿生活をしていてスキーが強い学校らしく、冬のスキーやスケートをやってる様子や冬景色をスライドで見せてくれた。

スライドの後は歌による交歓だ。ダー先生は、お得意のユポイヤイヤイという楽しいゲームソングをスイスの子どもたちに教える。中学校から高校生まで混じった生徒たちがすっかりダー先生のリードにはまって楽しく歌い踊っていた。今回も子どもたちは「すいかの名産地」を歌ったが、この前のようなこともなくのびのびと歌うことができて、ダー先生をほっとさせた。スイスの子どもたちは今までとても歌がうまいなと感じていたが、ここの生徒たちも明るくのびのびと歌ってくれた。

ここの学生に一人日本語の話せる学生がいた。クロックリンというかわいい女の子で、ドイツ人だ。お父さんは貿易関係の仕事をしていて、十歳まで大阪にいたそうだ。こんなスイスの山の中で大阪弁を聞くとは思わなかったので、何か違和感を感じたが、彼女には国立公園に行くときも一緒に行ってもらって、通訳兼ガイドをやってもらった。本当に助かった。

橋本先生が応援に

アンリー・デュナンの亡くなった地ハイデンで保養されていた橋本先生が、十一日目に私たちの林間学校にかけつけてくださった。かつて御殿場でダー先生を惹きつけた人柄は子どもをもすぐに惹きつけ、「先生、先生」と輪ができる。先生にはデュナンの話や赤十字の話をスライドを交えてしていただいたり、ひらめき学習を採り入れての学習をしていただいたが、子どもたちは生き生きと取り組んでいた。

スクオール最後の夜

いよいよスクオール最後の夜だ。ホテル中の人たちを招いてのキャンドルサービス。カルメンさんもアルミンさんもその子のセートリックもいる。ストーヤーンもステファノビッチもモーリックも「ビッテシェーンのおばさん」も。そして、もうすっかり仲良くなったリーナとその友だちも。そして、二週間私たちと共に過ごしたベルギーの若者たちとオラ

夜の集い

ンダのおばあさんたちも参加してくれた。

「遠き山に日は落ちて」の歌で始まり、橋本先生の話。次に、健康・奉仕・親善の火を橋本先生が子どもたちに授け、「燃えろよ燃えろ」の歌でホテル中のみんなのろうそくに点火。日本人、スイス人、ローマンシュ人、イタリア人、ベルギー人、オランダ人、ユーゴスラビア人、ドイツ人…みんなが一つの輪になって親善の火が燃えさかる。ダー先生が歌で盛り上げる。久島先生が手品で更に盛り上げる。圧巻は田端先生の柔道だ。今回参加の最高学年である中学一年生の栄君を相手にいろんな技を披露する。次いでベルギーの青年を引っ張り込んで押さえ込みの試技。田端先生よりもずっと大きな若者がどうしても起きあがれない。割れるような拍手が起こる。その間、いろんな言葉が飛び交う。子どもたちの日本語、橋本先生の英語の通訳、そして大橋校長先生のフランス語。それにローマンシュ語。それが独特のハーモニーを醸し出す。それが最高になったのは「ともだち讃歌」の歌の時だ。

「一人と一人が腕組めば、たちまちだれでも仲良しさ。やあやあみなさん今日は。みんなで握手。空にはお日様。足下に地球。みんなみんな集まれ、みんなで歌おう」

と子どもたちが歌い出したら、ドイツ語、英語、フランス語、イタリア語、ローマンシュ語が混じっての大合唱になった。その歌の通り、みんなで腕を組み、アルプスに響きわたる大合唱。みんなに惜しまれながら輪を閉じる。

ところが終わってもだれも立ち去ろうとしない。橋本先生を囲んで、子どもたちを囲んで、大橋校長先生を囲んで、そこここに輪ができる。写真を撮ったり、サインをしたり……。スクオールの最後を飾る素晴らしい夜となった。この夜の思い出は、子どもたちの心にもいつまでも焼き付けられることだろう。

感動が心に残ったまま、ダー先生はエリザベートの店に足を向けた。さよならを言うために。

エリザベートの店には、常連客みんなが集まっていた。フタンの女学校のユーランダ先生も、国立公園に一緒に行ってくれたハサンも郵便局長も。そして、普段あまり顔を見せないエリザベートのお父さん、お母さんもダー先生の最後の夜だというので顔を見せてくれた。そしていつものテーブルにはダー先生の大好きな生ハムや鹿の肉などが盛られ、白ワインが次々に開けられた。ローマンシュの歌が次々に飛び出す。日本の歌も響く。そして最後は子どもたちとホテルのみんなとで最高に盛り上がった歌「ともだち讃歌」で幕を閉じる。

最後にエリザベートがダー先生の頬にキスをしてくれた。バーにいるみんなが拍手で送ってくれた。

ダー先生にとってこの夜は最高の忘れられない夜となった。林間学校が無事に終わったという解放感と、もうスクオールは終わりなんだという寂しさが入り交じっていた。もう明日には、この素晴らしいスクオールともこの素晴らしいローマンシュの友だちたちとも別れるのが信じられない気持ちだった。ホテルに向かう道すがら、ダー先生は思いっきり深呼吸をした。スクオールの匂いを、思い出を忘れないように。

スクオールよさようなら

十七日の朝六時、いよいよスクオールとお別れの朝だ。朝六時だというのに何とホテル中のみんなが見送りに起きてきてくれた。玄関まで送ってくれる人、部屋のベランダから手を振ってくれる人。まだ薄暗い中をバスは出発した。子どもたちは、みんな泣き出した。

「先生、帰りたくない。もっともっとここにいたい」

「そんなこと言ったって、クウェートでお父さんやお母さんが待ってるじゃないか」

「お父さんやお母さんなんていい。もっともっとここにいたい」

子どもたちの気持ちはダー先生にもよくわかった。スクオールでの二週間は、感動的な二週間だった。ダー先生にとってもこれほど心に残る時間を過ごしたことはなかった。

アンリー・デュナンの墓に

いよいよクウェートへ出発の日がやってきた。

「原田さん、せっかくスイスまで来たんだから、デュナンの墓に行ってみましょう」

との橋本先生の提案に、ダー先生も飛びついて、行くことにした。ところが、ホテルでデュナンの墓はどこにあるのかと聞いても、フロントは知らないと言う。近くの観光案内所に行ってもらちがあかない。赤十字の発祥の地のホテルで赤十字の生みの親デュナンのことを知らないと言うことは不思議なことだが、これは、デュナンの人生と全く重なる。

……アンリー・デュナンは一八二八年五月八日にスイスのジュネーブで生まれた。デュナン家はスイスの名門で、敬虔なクリスチャンの両親に育てられたデュナンは、子どもの頃から貧しい人や病気の人のために働きたいという希望を持っていたが、彼が最初に勤めたのは銀行だった。二十五歳の時、北アフリカのフランス領のアルジェリアに派遣されたデュナンはすっかり異文化、イスラム文化のアルジェリアに魅せられ、三十歳で独立して製粉工

デュナンの墓の前で橋本先生と

場をアルジェリアに建てた。ところが、土地が狭かったのと水も不足していたので、何度も「土地と水がほしい」と軍政府に願いでたが、全然聞き入れられなかったので直接、フランス皇帝ナポレオン三世に頼んでみようとアルジェリアを出発してパリに向かった。ところが、その頃はイタリア統一戦争の最中で、皇帝ナポレオン三世はイタリアの戦場にいた。それでもデュナンは諦めることなく、イタリアへと馬車を走らせた。

一八五九年六月二十四日、デュナンの馬車がソルフェリーノに着いたとき、彼が眼にしたのは、前日行われた戦闘で傷つき救いを求める兵士の姿だった。それはまるで地獄を思わせる光景だった。デュナンは我を忘れて三日三晩一睡もせず看病に当たった。その中には敵のオーストリアの兵士の姿もあった。いやがる人々に、

「けがをした人に敵も味方もあるものですか。人間皆兄弟です」

と言って看護するデュナンの姿に人々は感動した。白い服を着て看護に当たる彼を人々は「白い人」と呼んだ。彼の働きはナポレオン三世の耳にも入り、会見が許された。ところが、土地と水を頼みに来たのにもかかわらず彼の口から出た言葉は、

「皇帝閣下、軍医が足りません」

だった。今の自分には、土地や水よりももっと大事な急がなくてはならないことがある

のにデュナンは気づいたのだ。彼はその後三年をかけて「ソルフェリーノの思い出」という本を書いた。この中で彼は、

「普段から国際的な民間の救護団体」を作ることを提案した。これが、ベストセラーになり『レ・ミゼラブル』のビクトル・ユーゴーやチャールズ・ディケンズなどが全面的に賛成した。

こうして一八六三年、五人のスイス人による五人委員会が発足し、赤十字の誕生に向けてスタートした。デュナンは馬車に乗りヨーロッパ中をかけ回り、講演し、王様や医者に呼びかけ、国際会議の必要性を説いた。一八六三年秋、それが実り、最初の国際会議がジュネーブで開かれた。その中で、

「傷病者は敵味方の区別なく救護すること。救護に当たる人は中立であること。その印としてスイスの旗を逆にした白地に赤の赤十字」が決められた。

その後のデュナンの生活は悲惨だった。赤十字の創立に全てをかけた彼は事業に失敗し、多額の借金のために破産宣告を受け、粉雪がちらつく寒い冬の朝、ジュネーブを去りパリに向かった。

一八七〇年七月、フランスとプロシアとの間に戦争が始まった。どこからか姿を表した

デュナンは救護部員として働いていたが、ある時、老人や子どもたちを安全なところに避難させることになった。近くの家からもらってきたシーツに赤十字のマークを書いた旗を持ったデュナンは、船に飛び乗ると大きく赤十字の旗を振った。すると、今まで鳴り響いていたプロシア軍の砲声がピタリととまり、小舟は静かにセーヌ川を下っていくことができた。これが、赤十字の旗の威力が最初に示された歴史的な一瞬だった。戦争が終わるとデュナンはまた何処ともなく去り、その後の消息は分からなくなった。

一八九五年のある日、一人の新聞記者がスイスの片田舎ハイデンの老人専門福祉病院を訪ねた。そこである一人の老人と話しているうちに、この老人が赤十字の父アンリー・デュナンであることを知り、義憤にかられた彼は早速記事を書いた。

「世界中で赤十字が活躍しているというのに、それを作ったこの偉大な赤十字の父を一人寂しく老人専門福祉病院に住まわせ、平然としている世間の良識を私は疑う。人々はそれほどに恩知らずなのか」

この記事は世の人の心を打った。そして一九〇一年、その年につくられたばかりのノーベル平和賞がデュナンに贈られた。しかし、デュナンはその莫大な賞金を全部赤十字国際委員会に寄贈したのである。

一九一〇年十月三十日、アンリー・デュナンは美しい湖の見えるハイデンの老人専門福祉病院の一室で八二年の生涯を閉じた。しかし、その墓も彼の故郷ジュネーブに作られることなく、チューリッヒの共同墓地に埋葬されたのである。……

やっと見つけたデュナンの墓は共同墓地の一角にあった。石造りの立派なものだったが、生まれ故郷ジュネーブに帰れなかった彼の無念さを思うと何ともいえない複雑な思いがした。

チーズフォンデューと子どもたち

昼食はダー先生がスイスの名物チーズフォンデューを食べさせてほしいと橋本先生に頼んで、有名なフォンデューの店で食事をした。とろとろになったチーズの中に角切りのフランスパンをつけながら食べる。

「チーズの中にパンを落としたら罰ゲームだよ」

とキャアキャア言いながら食べていたら、お店のシェフらしい人が橋本先生のところにやってきた。

「まずい。みんなが騒ぎすぎるので注意に来たんだな」

と思ってダー先生は恐縮していたら、

「原田さん、このシェフさんがね。こんなにたくさんの日本の子どもたちがこの店にやって来たのは初めてなので、何か歌かなんかやってくれないかと言ってるんだけど、どうする？」

ダー先生はほっとしながら、みんなの顔を見回した。何とみんなの顔がほんのり赤い。チーズフォンデューには赤ワインが入っているので、それで酔っぱらっているのだろう。

「みんなどうする？」

と聞くと、赤い顔で、

「やるやる。歌うよ」

と元気がいい。

「よし、やるか」

ダー先生も適当に酔っぱらっているので、調子がいい。大橋校長先生の踊りながらの指揮も飛び出す。お得意のレパートリーを歌った後、「ともだち讃歌」を歌った。ここでも店中で大合唱になった。いろいろな国の人が集まっている店なのでいろいろな言葉が飛び交う。割れるような拍手に子どもたちもにこにこ顔だ。それにしても、この子どもたちの自信に満ちた顔はどうだろう。最初の頃は何となく自信がなさそうな顔がこんなにも生き生きとなるなんて、ダー先生はつくづくこのスイス林間学校をやってよかったと思った。

このスイス林間学校は翌年も行われた。子どもたちの口から語られた感動が輪のように広がって保護者を動かしたのだろう。翌年は、参加資格五〇人の内、日本に一時帰国した三人を除く全員が参加した。

ダー先生にとって一番嬉しかったのは、

「先生ありがとう。うちの子たちをクウェートに連れてくるとき、みんながいやがって反対したんですが、『クウェート日本人学校にはスイス林間学校があるんだよ』と言うと、来てくれたんですよ」

というお父さんの声を聞いたときだ。このスイス林間学校はダー先生が帰国後は学校主催ではなく日本航空主催のイベントに変わったようだ。いつまでもクウェート日本人学校に残ってくれればいいなと願う。

ベイルート日本人学校再開への夢

一九七六年二月、クウェートの大使館から連絡があった。

「ベイルートの大使館から連絡があった。今、治安がよくなり銀行も開いているので、給料を取りにベイルートに行きなさい」

と。

ダー先生は、三か月ぶりに家族を連れて、もう二度と戻れないかもしれないというベイルートに戻る事ができた。アリさんの出迎えを受け、涙の再会をして、アコさんのいるタボシビルに行くと、何とそこに吉野校長先生が一人で三人の子どもを教えていた。ダー先生は驚きと懐かしさのあまり吉野校長先生に飛びついていった。

「先生、まだいたんですか？」

ところが、驚いたことに、校長先生の反応が全くない。自分のことが分からないらしい。

「先生、校長先生、私ですよ。クウェートに行った原田です」

と何度も声をかけるのに、校長先生から返ってくるのは、

「ウー」

とか、

「アー」

という返事だった。それに、すっかり年をとってしまった。何というやつれようだ。ダー先生は何と言っていいか分からなかった。まさか校長先生が一人だけ残って子どもたちを見ていたなんて考えもしなかったことだった。校長先生は、他のみんなが帰った後も、三月までの任期を全うするまで残っていた三人の特派員の子どもたちを見るために残されていたのだ。一緒に派遣教員として働いていた君子先生も自分の子どもたちも帰され、たった一人で戦火のベイルートに残されていたのだ。校長先生は、とても家族を大事にする人だった。奥さんの君子先生のことをそれは大事にしていた。その家族と引き離され、ひとりぼっちになって戦火の中で不自由な生活をしていたのだから、頭もおかしくなるのは当然だ。ダー先生は外務省のやり方に義憤を感じた。

校長先生もそうだけれど、三人の子どもが残っていたという事実にダー先生は驚いた。そ

してその中に、ダー先生の教え子だった東京中日新聞の青島兄弟もいた。

「校長先生、私が一週間いる間少し休んでいてください。私が子どもたちを見ますから」

ダー先生は校長先生に代わって一週間子どもたちと勉強をした。たった三人の子どもだけど、勉強をしたいという思いを持った子どもたちとそんな境遇の子どもたちに何とかしてあげたいという先生の思いがダー先生の教員人生の中で最高のひとときとなった。

「先生、帰ってきて。帰ってきて僕たちにまた勉強を教えてよ」

この声は強烈にダー先生の心を打った。

「そうだ。こんな環境の中でもがんばっているこの子たちのために、何とかして戻ってベイルート日本人学校を再開するぞ」

クウェートに帰ってからも、いつもこの子どもたちの声が頭の中にこびりついて離れなかった。

ここからダー先生のベイルートへの復帰の運動が始まった。クウェートの日本大使館に何度もお願いに行ったし、

「困ったことがあったら何でも相談してください」

とダー先生たちを日本から送り出すときに声をかけてくれた海外子女教育財団の理事さ

んにも手紙を書いて、援助を依頼した。

その努力が実ったのか、ベイルート大使館とベイルート日本人学校からの強い希望があったからか、三月に、

「原田をベイルートに戻すようベイルート大使館から依頼が来ている。本人の希望を聞いて欲しい」

との連絡が本省から入ったと聞き、ダー先生は飛び上がって喜んだ。

ところが、それもつかのま、ベイルートでまたもや要人が暗殺され、帰任の話はなかったことになってしまった。それからは、気まぐれなベイルート情勢に振り回されてしまう。

一九七七年春、ベイルート情勢が落ち着いていたので、春休みを利用してベイルートに飛んだら、東京中日新聞の青島兄弟は帰国し、時事通信社の特派員の子どものユーカちゃんがたった一人でアコさんとタボシビルで勉強していた。

「先生、いつ帰ってくるの？」

と無心に声をかけてくるその澄んだ瞳に、あきらめかけていたダー先生のベイルートへの思いはまた燃え上がった。

「よし、絶対帰ってくるぞ。ユーカちゃんのために。ベイルート日本人学校再開のために」

ユーカちゃんと

二回のスイス林間学校を成功させ、クウェートの生活にすっかりなじんでも、ベイルートのことは頭から離れることはなかった。この自分の思いを何度も大使や参事官に話したり、外務省へ手紙を出したりしてお願いをした。

その後、レバノン情勢はぐんぐんよくなってきて、商社の人も戻ってきつつあるという情報が入ってきた。そして、一九七七年七月に、

「外務省の関係者で貴殿のベイルート復帰問題について協議した結果、復帰させることに決定。但し、時期の方はベイルートの情勢が落ち着いてから」

という連絡が入った。ダー先生は大喜びをしながらも、

「何とかユーカちゃんがいるうちに帰してほしい」

ユーカちゃんのそのつぶらな瞳が、

「先生、おかえりなさい」

と迎えてくれるのに間に合わせてほしいと心の中で手を合わせてお願いした。

ところが、ベイルート情勢は無情だった。そんなダー先生の思いなど知らず、二転三転ところころ変わった。そしてとうとう、ベイルートへの復帰はかないそうにないまま、任期の三年が終わりに近づいてきた。

ダー先生は最後のお願いにと必死の思いで、

「ベイルート復帰を条件に、任期の一年間延長をお願いします」

と大使館に何度も足を運んだ。大使館の方も今までの経過をよく御存じなので、とても好意的に対応してくださった。大橋校長先生も応援してくれた。

そして、一九七八年一月に、任期の一年延長が認められ、

「ベイルート復帰を条件に任期を一年間延長する」

という辞令が下りた。

ところが、これからがまた長い辛い待機生活となった。この年帰国の、スイス林間学校をともにやった仲間の先生より先に自分がベイルートへ行くと思っていたのに、とうとうその先生たちを見送ることになった。

「原田さん、すぐにベイルートに戻れるよ。がんばってね」

と励ましの言葉をもらっても自分だけが取り残されるような寂しさを覚えた。

そして、三月二十五日に、

「レバノン情勢は未だ安定せず。しばらくクウェートにて待機せよ」

という最悪の結果になった。

次の先生が赴任してくるので、ダー先生の住宅は新しい先生に譲り渡すことになっている。もう四月からは住む所がない。外務省のいう「しばらく」というのが、一週間なのか、一か月なのか全然分からない。一週間ならホテルに泊まるけれど、一か月ならフラットを借りなくてはならない。大使館に相談しても、

「どうでしょうね。長引くかもしれないから、フラットを借りたらどうですか」

とのアドバイス。この頃は、ますます家賃が値上がりしていたが、仕方なく一か月四〇万円もする家具付きのフラットを借りることにした。当然、そんなに手当ては出ないので持ち出しになってしまう。

一番辛かったのは、居場所がなかったことだ。新しく赴任してきた学校長は、ダー先生をベイルートの教師として扱ったので、もちろん担任も持てなかったし、何と職員室の机

もなくなり、現地の講師の先生と共用の机になった。職員会議でも、一番古く学校のことがよく分かっている自分が発言すればうまくいくことでも、発言できない。ただ黙っているのは辛いものだ。

小百合もクラスで送別会をしてもらったのに、また残ることになり、辛そうだった。

ベイルート復帰へ　強行作戦

四月になっても五月になっても、外務省からは何の連絡もなかった。六月、七月の精神状態はダー先生にとってもう限界寸前まで来ていた。

「もう自分は、このまま一年間中途半端な立場でクウェートにとどまることになるのではないか」

授業は持っていても、学級づくりの楽しさもなければ、仲間の先生からも邪魔者みたいに扱われて、職員室の片隅で小さくなっている自分がみじめだった。精神的におかしくなりそうだった。そして、七月、学校もとうとう夏休みに入り、先生たちはさっさと旅行に出かけていった。どこにもいけないダー先生は留守を守っていた。そんな七月五日に、やっと外務省から転任許可の内示が来たという連絡が大使館から入った。ギリギリのところでやっと救われたと喜んだのもつかの間、またもや、

「レバノン情勢急変、しばし待て」

の指示。もうやるせない思いでいっぱいになった。

「もうこうなれば強行手段を取るしかない。外務省が慎重になるのは分かる。だが、外務省が心配するのとベイルートの情勢は違うのだ。なぜ、ベイルートの大使館の人や新聞社の特派員の人が子どもを連れてベイルートにいるのか、それはベイルートに住んだ人でなければ分からない。あのデストロイヤーの覆面をしたガンマンたちのとめるのも振り切って、たった一台の車で、銃弾をよけながらベイルート市内に入ったら、何と市内のプールではのんびり日なたぼっこを楽しんでいた。あんな光景を誰も想像できないだろう。でもそれがベイルートなのだ。何とかして、ベイルートに飛ぶしかない。ベイルートに行けば、日本人会や大使館が応援してくれるに違いない。ベイルートは私の転任を待っているのだから」

ダー先生は八月八日に大使館に旅行願いを出した。

「この四月にベイルートに転任の予定でしたが、その後のレバノン情勢の変化ということ

で、四月以降もクウェート待機という不安定な生活を余儀なくされています。ところが、夏休みに入っての七月五日付で転任発令をするということで、やっとこれで不自由な生活も解消されると喜んだのもつかの間、またもや延期の通知。それから、一か月待ちましたが、まだ何の音沙汰もありません。

この三か月、特に夏休みに入ってからのこの一か月の待機生活は、私たち家族にとってとても辛いものでした。家内も私も精神的に全く疲れ果ててしまいました。そこで、気分転換と家族の健康回復も兼ね、未知の国スペインに飛び、明るい南国の地、南国の人々に接し、このアラブ・イスラム文化との共通点、異質点なども合わせて見てきたいと思います。

尚、途中ベイルートを経由しますので、直接ベイルート情勢を肌で感じ取り、また、許されれば大使にもお会いし、日本人学校再開の見通しと私の転任時期などについてもどのような見通しを持たれているか伺ってきたいと思います。そして、九月までに開校見通しがたたないようでしたら、もうこの不安定な生活にピリオドを打ち、日本に帰国願いを出そうと考えています。待機中の身ではありますが、上記理由を十分おくみとり下さり、研修旅行を御許可下さいますよう心からお願い申し上げます」

ところが、大使館で、

「ベイルート情勢にかんがみ、研修旅行の行き先には、ベイルートはあまり適切ではなく、お勧めできません」

との返事が返ってきた。当然予想できたことなので、ダー先生は、

「この旅行で何かあったら、その責任は私にあります」

という念書を入れて何とかしてほしいと必死にお願いした。大使館の方も仕方ないと思って暗黙の了解の形をとってくれた。嬉しかった。とにかくこれでベイルートに行ける。ベイルートに行けばきっと日本人会のみなさんや大使館の方が何とかして下さるに違いない。

この予想は当たった。ベイルートでもダー先生の来るのを待っていてくれたのだ。

日本人会の会長さんは、

「先生、先生が戻ってきたということが分かったら、もっと多くの日本人がここベイルートに戻ってきますよ。絶対応援しますから安心して下さい。もうクウェートには帰しませんん」

という頼もしい言葉で迎えて下さった。大使館の方も温かく迎えて下さった。

難民に占拠された日本人学校

やはりダー先生が予想していた通り、ベイルート市内は平穏だった。ベイルート郊外やレバノン国境でちょこちょこ小さなトラブルは絶えないようだが、ベイルート市内はのどかだった。海岸のロングビーチでは毎日たくさんの人が日光浴を楽しみ、水泳をエンジョイしていた。日本の銀座に当たるハムラ通りは人出でごった返していた。映画館もレストランもお店も繁昌していた。これが、今すぐ隣で戦争をしている国なのかとあきれ返る程ののんびりさだった。これは、やはり本省やクウェートの大使館の人には絶対分からないだろうなと思った。

その時、ベイルートには大使館員の子ども三人と新聞社の特派員の子どもが一人、四人の学齢児がいた。もし日本人学校を再開しても、この人数では日本人学校の校舎でやる必要もないし、まだ校舎へ通うのには危険も伴う。さらにその日本人学校の校舎は今難民に乗っ取られているという。そこで、大使館と相談して大使館の一室を借りてそこで授業を再開することにした。そのために、日本人学校にあるいろんな備品や教材の中から今のここにいる子どもたちが使う最低の物を持って来なくてはならない。

ある日、その準備のために大使館の車で日本人学校に様子を見に行った。日本人学校の周りは内戦前とちっとも変わっていなかった。オリーブの木に青い実がなり、イチジク、ザクロが今を盛りとたくさんの実をつけていた。学校は難民に占拠されているというので、どんなに荒らされているかと心配だったが、その心配は杞憂だった。ここには、クリスチャン同士の勢力争いで故郷を追われた人たち三十八家族、二八〇人の人が住んでいたが、しっかりした女性のリーダーの元、実に規律正しく整然と生活をしていた。難民の人は、教室の机をベッドにして家族ごとに仕切りを作って暮らしていた。学校の備品や教材類は一部屋にまとめてきちんとしまわれていた。壁にはまだ「平和」の習字がかかっていた。この人たちはこの「平和」の文字を毎日どんな気持ちで眺めているのだろうか。

ダー先生はすぐに子どもたちに声をかけた。

「みんな知っているかい。これはね、日本の漢字という字でね。平和、ピースと書いてあるんだよ。早く、レバノンの国が平和になってほしいという気持ちを込めて、私の子どもたちが書いたんだよ。みんなも早く平和になってほしいだろう」

「イエス、イエス」

ダー先生やアコさんがリーダーと一緒にいくつかの教室を見て回ると、子どもたちが、何人もぞろぞろと後をついてくる。すると、どこでも、

「コーヒーを飲んでいかないかい。お茶はどうだ」

と勧めてくれる。難民でみんな配給されるわずかなものしかないのに、それでも客をもてなそうとする姿にダー先生は心打たれる。

「シュックラン（ありがとう）、アンモ（おじさん）」

とダー先生はその招待に応じ、しばし話し込む。そんな様子を子どもたちはニコニコしながら眺めている。どこの国の子も子どもは本当にかわいい。早くこの子たちが、学校に行く日が来るようにと祈る。

それから、二〜三度、日本人学校の校舎を訪問した。今度は、トラックで行った。収納されている物品の中から、当座使えそうなものだけを選びだす。山のように積まれたものの中から必要なものを見つけるのは難しい。しかも、どれにするかはダー先生の判断にかかっている。

ビデオセット、ビデオテープ、跳び箱、マットと選んでいくと、子どもたちが待っていて、トラックに積み込んでくれる。重いものは、大人も手伝ってくれる。みんなやさしい。

内戦のために不幸にして難民になっているけれど、心がちっとも荒んでいないのにこのグループの結束力を感じる。

大使館に戻って、ベランダにマットと跳び箱を並べたり、何のビデオがあるかチェックしたり、クウェートの待機生活と違って再開に向けて準備しているひとときはダー先生にとって最高に楽しい時間であった。

ところが、日本人会の強い要請にもかかわらず、九月になっても発令が下りないため、もうここまで来たら発令が来るまでベイルートでねばろうと休暇願いを延長したら、やっと、九月六日に、

「転任を許可する」

の発令がおりた。本当に土俵際ねばりに粘っての勝利だった。八日に、家族を残して一人だけでクウェートに飛んだ。学校ではもみくちゃの歓迎を受け、シャツが破れる。やはり子どもはかわいい。大使館で散々叱られながらも諸手続きを済ませ、数人の先生と親しい父母の見送りを受け、今までの苦労も忘れ、ベイルートへ飛び立った。心の中は「幸せいっぱい。花いっぱい」の気分だった。

ベイルート日本人学校再開

あの青島兄弟もユーカちゃんもいなくなっていたのは、ダー先生にとって寂しいものがあったが、特派員の子の三年生のマコちゃん、大使館の書記官の子の四年生のリカちゃん、そして自分の娘の二年生の小百合の三人で日本人学校は再開した。朝八時開始で七時間授業だ。これは小さい子にはきびしい時間だが、今までできなかった分も取り戻さなければならない。マコちゃんとリカちゃんはダー先生が教え、小百合はアコさんが教えた。体育や図工は三人で一緒にやった。朝は、楽しい朝の会で大きな声で歌を歌い、その後そろばん一級のアコさんの珠算を三人でやり、それからそれぞれの学習に入る。昼はみんなでお弁当を食べる。天気がよくて、治安がいい日はすぐ近くの海岸で食事もした。まるで、遠足気分だが、これで子どもたちの疲れも少しは軽くなるかもしれないというダー先生の親心だ。

ある日、ベランダでお弁当を食べていたら、バンといって何かが大使館のビルに当たって、破裂する音が聞こえた。すぐに中に入って食事を終わらせたが、午後の授業は普通通りに行った。大使館から、すぐ子どもを帰しなさい、という指示もなかったので安心していた。

　そこでダー先生は次のような話を子どもたちにした。

「昔ね。江戸時代から明治に変わるちょっと前にね。福沢諭吉という人が、慶応義塾という塾で勉強を教えていた時に、近くの上野の山で戦闘が行われていたんだ。みんなが騒ぐのを諭吉は鎮めて、今からの時代に必要なのは君たち若者なんだよ。今、君たちがやらなければならないのは、勉強することなんだよ。さあ、慌てずに勉強に戻ろう。といって勉強を続けたんだって。私たちもそれを見習ってがんばろう」

三人のあすなろっ子と

　子どもたちは、この話を聞いてちょっと自分たちが偉い人になったような気分がしたのかもしれない。さっきの破裂音にまどわされずに午後の勉強を進めていった。素直ないい子たちだった。

小さい子どもたちの勉強が終わると、大きな子の補習が五時まで続く。人数は少ないけれど、朝から、ぶっとおし休みなく続ける授業でダー先生は疲れぎみだったけれど、子どもたちと一緒に勉強できる喜びで満足感はいっぱいだった。

こうやって、毎日勉強している間も、ベイルート情勢は良くならず、十月にはシリア軍が発電所を破壊したので、ベイルート中が停電になり、一日に電気は一時間ぐらいしかつかないという不自由な生活が何か月も続いた。でも、こんなことは予測できたことでもあるし、クウェートの待機生活の精神的苦痛から比べるとちっとも辛くはなかった。明るいうちに夕食を済ませ、何もすることがないので、毎日ローソクの明りをつけて子どもたちに本を読んであげた。サニーもニーノも一緒だったので、子どもたちにとっては「停電もまた楽し」のひとときとなった。

十月五日の小百合の日記

……きのうの夜、ちかくでせんそうをしていました。すごい音です。じっと見ていると、海がピカッと光りました。なぜだかしらないけど、サニーがギーとげんかんのドアをあけました。となりの人がベッドをろうかにはこんでいるのが見えました。マトやニーノもあつまってきました。となりのひとたちは、みんなあぶないからろうかにねるみたいです。そのとき、サニーもニーノも小百合のいえでねました。

あさです。お日さまがきらきら光りだしました。でも、空はくもっています。これは、たてものがもえてるけむりだそうです。……

三月になってもレバノン情勢は好転せず、郊外の各地で小さなトラブルは多発していた。四月からの外務省からの教員の派遣は望めそうにないので、日本人会は再度、ダー先生の任期延長を願い出たが、これは認可されなかった。三月十九日、アリさんファミリーに送られて帰国の途についた。飛行場では、元気にバイバイとみんなに手を振っていたタッチが飛行機が出発する時にひとり黙って涙を流しているのを見て、ダー先生はタッチを抱きしめた。でも、今までも何度もアリさんと別れて飛行機に乗ったことがあるのに一度も泣いたことがなかったタッチが、どうして今日はもうアリさんと会えない別れになるかもしれないということを感じることができたのだろう。内戦下という異常な状況の中での短いベイルート滞在だったが、このタッチの涙の中に、何ものにも代えられないアリさん家族との深いきずながができたことが証明されていた。

「ありがとう、アリさん。ありがとう、ベイルート。さようなら」

こうして、ダー先生の強烈なベイルートでの生活は幕を閉じた。その後、ベイルート日本人学校は、再開されることもなく今も休校になっている。ダー先生はベイルート日本人学校の最後の教師になってしまった。

ベイルート日本人学校の最後の校長先生だった吉野先生は、帰国して一年足らずで亡くなったそうだ。内戦下での様々な辛い体験が、校長先生の身も心もぼろぼろにしたのだろう。御冥福を心からお祈り申し上げます。

再派遣の夢

ダー先生は、ベイルートから帰って来て元いた崇善小学校に戻って来た。ここでも素晴らしいあすなろっ子と出会って楽しい二年間を過ごした。次の金目小学校でも明るく素直な子どもたちと金目川でオイカワを追っかけたり、ウサギの動物園を作ったりして楽しく過ごしていた。

が、何か物足りなさを感じていた。ベイルートとクウェートの体験があまりにも強烈だったので、日々同じ繰り返しの日本の生活に刺激が少なかったからだ。ベイルート日本人学校のことも気にかかっていた。帰国当初はレバノン情勢は最悪な状態までなったが（やはり外務省の判断は正しかった）、最近は急速に良くなっているという情報を新聞やテレビで目にする度にダー先生の気持ちは複雑だった。ベイルート日本人学校を再開するとしたら、ベイルートを知っている人間がふさわしいのではないか。鉄砲の弾をかいくぐって通った家庭分散授業。半分に減った子どもたちとリベエラホテルで勉強したホテル授業。青島兄弟やユーカちゃんとタボシビルで勉強した日々。日本人学校の校舎に住んでいたレバノンの子どもたちのことが走馬灯のように頭に浮かんでくる。

「よし、もう一度、再派遣を希望してみよう」

ダメでもともとだ。だが行動を起こさなければ何も生まれて来ない。

青少年赤十字で培った行動力がここでも役にたった。平塚市は、書類審査でパスした。神奈川県も何とかパスし、文部省面接まで行った。再派遣を希望する人が四〇人近くもいたのには驚いた。この面接で自分の思いを真摯に訴えた。

「四年間の海外生活は今までの人生では経験できないすごい生活だった。デストロイヤーの覆面をしたガンマンに制止されながらも無理矢理通った家庭分散授業。夏には五四度にもなるクウェートでの待機生活、その間のスイス林間学校。先生帰って来てという青島兄弟やユーカちゃんの声に応えて、ベイルートへの復帰を果たしたこと。本校舎を訪ねて、難民の子どもたちとのふれあい。三人だけで学習した大使館での授業。大変なことの連続だったが、それが逆に教師としての自分を鍛えてくれたことなど」

面接官は真剣に耳を傾けてくれ最後に、

「原田さん、あなたが素晴らしい経験をしたことを他の人にも経験させてあげたいとは思いませんか」

と質問して来た。

「おっしゃる通りです。自分が経験したようなことを自分だけでなく、他の若い先生に経験させる方がベストだと思います。ベイルート日本人学校が再開されなければ私は諦めます」

文部省を出て、もうだめだなと思いながら電車に乗り込んだ。

やはりその年もベイルート日本人学校は再開されなかった。それを強く望んでいたので全く諦めていたある日、文部省から電話が入った。

「原田さん、ベイルートはだめですが、オランダでもいいですか」

その方は、やわらかい物腰でそう言った。

「えっ、オランダでいいですかとおっしゃったんですか。オランダ。も、もちろんです。お願いします」

電話に向かって最敬礼していた。あの面接の印象からは絶対に再派遣はないものと思っていたので、嬉しさもひとしおだった。その年、再派遣されたのは二～三人しかいなかった。その中に自分が入るとは、その幸運に震えを覚える程だった。

小さくて豊かな国　オランダ

風車とチューリップとチーズの国

オランダの国名はネーデルランドである。これは、低い土地という意味で、日本ではホーランドとかオランダと呼ばれることが多いが、オランダというのもポルトガル語で低い土地という意味である。

「世界は神が造った。しかし、オランダはオランダ人が造った」と言われる。国土の二五%が海よりも低い、オランダ人が干拓で造った土地なのだ。スキポール空港には海面下四メートルを表示するポールが立っている。もし堤防が決壊したら国土の半分が海底に沈むことになる。オランダ日本人学校も海面下四メートルの所にあった。

オランダを車で走っているとおもしろい光景に出会う。車よりも高いところを運河が走っていて、そこをヨットが走っている。二階屋ぐらいの高さの運河もある。

「どうして運河が氾濫しないのだろう。台風の時など危ないだろうに」

という疑問を友人のマルセルにぶつけると、

「昔は、風車を使って水を調節し、今はコンピューターで管理しているから絶対大丈夫」とのことだ。標高の一番高い所が三二一メートルなので、まさに低い国オランダだ。

この低い土地をオランダ人は干拓により造った。その干拓にたくさんの風車が使われた。風車に水車を取り付け、風の力で水車を回して低い水を高い運河に運ぶ。これをくり返し北海に水を捨てたのだ。そうやって出て来た海底を何年も放っておくと自然に草が生えてくる。草が生えるようになると牧草を植えたり、砂に強いチューリップを植える。オラン

オランダの風車

ダの観光や産業を支える風車やチューリップ、チーズは国の成り立ちと深い関係があるのだ。

気さくで優しいオランダ人

オランダで最初に驚くのは、誰もが気さくに挨拶を交わすことである。ダー先生がオランダに着いて数日後、スクールバスに乗ろうと運河沿いを歩いていたら、運河の向こうから老夫婦が仲良く手を組んでやってくる。すれ違う時にニコッと笑ったら、

「ダーア」

と声をかけてきた。あわててこちらも「ダーア」と返す。「ダーア」というのは、英語のDAYにあたるもので「ヤー」とか「ハーイ」という軽い挨拶だ。「お早う」でも「今日は」でも「さよなら」でもよくこれを使う。エレベーターなどに乗っても、日本ならみんなまるで敵のようにそっぽを向くのに互いに声をかけあう。

デパートなどでまだ自動ドアでないところでは、開けた人が次の人のためにドアを開けて待っててくれる。知らない人同士のささやかな親切にオランダ人の温かさを感じる。

これもオランダに行って間もない頃のことである。オランダでは一週間に一回スーパーでまとめ買いをすることが多い。ダー先生もまだ車がなかったので大家さんに自転車を借りて買い物に出かけた。一週間分の買い物なので結構な荷物になる。いざ自転車に積む段になって困った。買い過ぎて自転車に積めないのだ。

「どうしようかな」

と思案していたら、一人の小学校五、六年生ぐらいの少年がやって来て、さかんに自分の自転車を指差す。

「これに乗せろ」

ということらしい。

「サンキュー」

と彼の自転車に積ませてもらった。一緒に並んで歩きながら英語で話しかけても、彼は英語がしゃべれない。そうこうするうちに家に着いた。握手をしてにっこり笑って去って行く方を見送っていたら、何と三軒隣の家に入っていった。彼は一週間程前に彼の近所に引っ越して来たアジア人がスーパーの前で困っているのを見て、さっさと手を貸してくれたのだ。オランダに着いて間もない頃だったのでこの少年の親切は本当に嬉しかった。オランダがいっぺんに好きになった。日本の子どもがこんなことが自然にできるだろうか。あすなろっ子はどうだろう。考えさせられるできごとだった。

五月のある日、そのファーディが手にバケツとスポンジを持って訪ねて来た。

「車を洗わせてほしい」

と言ってるようだ。ダー先生の家では洗車は子どもの仕事になっている。断ろうかと思ったが、彼の表情はいつになく真剣なのでオーケーをした。ファーディはにっこり笑い車を洗いにかかった。終わってから玄関に立った彼にいくら払えばいいか考えた。日本では三百円ぐらいかなと思い、三ギルダー(およそ三百円)払ったら、いつもの倍もの笑顔で帰って行った。

翌日、このことを友人のウイルに尋ねたら、

「ミスターハラダ。君はいいことをしたよ。五月は赤十字月間でテレビで募金を呼びかけている。その少年はそれを見て、君の車を洗うことで募金のお金を得ようとしたんだ。オランダの子どもは募金のお金は自分で稼ぐんだよ」

これを聞いて嬉しくなった。ダー先生も今までクラスのあすなろっ子に世界の恵まれない子どもたちに募金する時、

「お金はお母さんにもらうのではなく、自分で何か働いて稼ぎ、そのお金を募金しよう」

と実行してきたからだ。

オランダ人のこの姿勢は大人になってもさらに定着する。赤十字の募金でも日本のように一軒一軒集めに来るようなことはない。テレビで放送される。

「赤十字の募金をします。郵便局か下記に送付してください」

と振り込み口座番号が流される。これだけなのに、全国民が一軒当たり千円は募金するという。すごいことだ。

障害者の村を造ることになった時、同じようにテレビで放送された。一日に二十一億円も集まったそうだ。千二百万人しかいないオランダだから、これを日本の人口に換算すると二百十億円も集まったことになる。こんな募金はしょっちゅうだ。友人のマルセルもウイルも一回につき三千円は募金するという。オランダ人の人類愛の大きさを感じる。

オランダではよく障害のある人の姿を街で見かける。こんなにもオランダには障害のある人が多いのかと思うほどだが、それはオランダには障害者も健常者と同じように自由に買い物をしたり、人前に顔を見せるからだ。

ある日、バスに目の不自由な人が乗っていた。その人が降りる時、運転手が車から降りて手を引いて安全な所まで誘導して行った。その間、数分間、バスの乗客は黙って待っている。思わず拍手をしそうになったが、誰も拍手をする人はいない。当たり前の事なのだ。

オランダの子どもは実によくしつけられている。バスや路線電車に乗った時、子どもたちはお年寄りに自然に席を譲る。たまに気がつかないか、譲らない悪ガキがいると、隣の席の人が「立ちなさい」と忠告する。あるいは、お年寄りが、

「スタンダップ」

とその子の席に行って立たせる。子どもは、みんなで教育していくという社会になっている。日本の現状を見るにつけうらやましくなる。

映画館に行くと「十二歳未満お断り」などという表示がある。家族で「エイリアン」を見にいったとき、この表示があった。エイリアンでは、たくさんの人が簡単に殺される。暴力シーンが多いものは子どもに見せないという社会の姿勢なのだ。テレビでも残酷シーンが子どもの目に触れることはない。日本の何でも自由という姿勢は、自由をはきちがえているように思う。教育でもしかりである。生徒が先生を殴る自由なんてある訳がない。

しつけと言えば、オランダ人の犬に関するしつけは見事だ。犬が好きなのは日本人以上だろう。朝夕犬を連れて散歩している姿をよく目にする。その犬を散歩の時自由に放す。向

こうからセントバーナードがやってくる。こちらからそれに負けないような大きな犬がやってくる。

「ワア、大変。大げんかになるぞ」

との心配をよそに、飼い主は平気な顔をしている。犬たちもすれ違っても無視するか互いに匂いを嗅ぎあっても、喧嘩をすることはない。吠えることもない。一度だけ、そんな犬が運河ぞいで喧嘩をしたのに出会った。飼い主が近くに落ちていた棒切れを拾ったので、相手の犬をたたくのかと思ったら、自分の犬をたたいた。それも半端なたたき方ではない。犬はキャンキャン鳴きながら許しを請う。飼い主は犬が反省したのを見るとぶつのをやめる。そして飼い主同士にこっと笑って「ダーア」で別れる。次に会った時、もうこの犬同士喧嘩をすることはないだろう。素晴らしい教育だ。しつけることはきちんとしつける。……これがオランダの教育だ。それに反して、日本の教育はどこかで間違っている。叱らない、怒らないことが最高の教育だと思っているのだから。

環境大国オランダ

「熱帯雨林を守ろう」日本でもよく耳にする言葉だ。でも日本では言葉だけで終わることが多い。実行するまでに時間がかかる。日本の政治がそうだ。オランダは違う。実に対応が早い。

アムステルダム市は熱帯雨林を守るために次の事を実行した。

「自動車での通勤者には通勤手当てなし。自動車を自転車通勤に替える人には自転車を支給。郊外から市内へ引っ越しをするものには補助金を出す。自転車奨励金として月二千円を支給する」

またオランダではできるだけ公共機関を使うようにという配慮だろう、バスで買い物に行くと一時間以内ならば片道料金だけで帰って来れるというような方法をとっている。実に具体的な方法で環境を考えている。これも「自分たちの国は自分たちで造った」という誇りと国を思う愛情から来ているのだろう。

シンプル　イズ　ベスト

「HAVE A NICE WEEKEND!」

にこっと笑って友人のウイルが職員室を出て行く。

「今週はどこに行くんだい？」

「北の方だよ」

毎週金曜日に交わす挨拶である。ウイルはキャンピングカーを持っていて毎週末キャンプ場を旅して回る。気に入ると同じ所に何度も行く。キャンプ場では一日釣りをしたり、サイクリングをしたりしてのんびり家族と過ごす。オランダ人の余暇の過ごし方はお金をかけず、自然を共にして過ごすことが多い。

歩け歩け大会

今、日本で盛んに行われている「歩け歩け大会」はオランダが発祥の地だ。日本人学校の子どもたちは毎年アムステルダムの歩け歩け大会に参加する。参加費三百円、毎日十キロメートルの行程を四日間歩き通す。六月のオランダは夜の十時まで明るい。夕方六時に中央体育館をスタートして、初日は東側、二日目は西側というように毎日違ったコースを歩く。運河沿いに歩いたり、のどかな田園風景の中を歩いたり、毎日が楽しめるようになっている。家族やグループで参加する人が多い。グループの旗を持ち、歌を歌ったり、おしゃべりしたりしながら歩く。実ににぎやかだ。雨でも中止はない。ダー先生も二年間、あすなろっ子たちと参加した。オランダの子どもたちに負けないように二時間歌を歌いまくって歩き通した。これを四日間続けるのだからオランダ人はタフだ。日本人学校の子どもたちもがんばり通したが。

そして、最終日にはゴールに家族や恋人がバラの花を持って迎えてくれる。また歩き通した記念にメダルがもらえる。五年間続けるとひと回り大きなメダルになる。友人のサーシャは十五年間続けたと誇らし気に大きなメダルを見せてくれた。

スケートマラソン

オランダの冬は厳しい。北海道より北にあるから無理はないが、運河が凍る。運河が一五ｃｍ凍ると警察のパトロールカーが滑ってもいいよと放送して回る。子どもだけでなく、老いも若きも男も女も飛び出してくる。そして、週末には、歩け歩け大会と同じアイデアでボランティアの手でコースが整備され、十キロメートル〜四〇キロメートルのコースが作られる。運河と運河とを結ぶ道にはカーペットが敷かれ、スケート靴が傷まないように配慮されている。そしてコースの途中にはスープや温かい飲み物が用意されている。この参加費も三百円ぐらいで、これもメダルがもらえる。

最近の地球温暖化の影響か、三年間オランダに滞在している間に一度運河でスケートができれば運がいいとウイルに聞いたが、ダー先生はもっと運がよく、三回とも運河が凍った。そこで毎日のように学校の隣の運河でスケートの授業をして、休みにはあすなろっ子とスケートマラソンに参加した。スケートが苦手だったダー先生も三〇キロ滑り通すことができるようになった。

好天気の日は会社も休み

オランダではめったに見られないような良い天気の日に、理科の学習で近くの湖へ出かけた。平日なのにたくさんの人が日光浴を楽しんでいる。トップレスの若い女性もいっぱいいいる。学校に戻り友人のウイルに、

「平日なのにどうしてあんなにたくさんの人が来ているのか」

と尋ねると、

「考えてもごらん。こんな天気の良い日に仕事をしたくなるかね。私だって休みたいくらいだよ」

オランダの人は好天気には会社に電話して休む人が多いとのことだ。逆に考えると、それだけ好天気の日が少ないということになるのだろう。確かに冬のオランダは毎日どんより曇っていて太陽が恋しくなる。夏には、たくさんのオランダ人が太陽を求めてフランスやイタリアに出かけて行く。友人のマルセルも毎年フランスのニースに行っていた。好天気の日は会社を休もう…分かる気がする。

二杯のコーヒーとクッキー

隣のマルセルのお父さん、お母さんに招待された。ダー先生が誕生日に招待したお返しかもしれない。呼ばれた時間が三時。何とも中途半端な時間だ。オランダでは男がコーヒーなどのサービスをする。お母さんと話していると、お父さんが、

「飲み物は何がいいか」

と聞きに来た。まだ早い時間なのでコーヒーをお願いする。しばらくしてお父さんがコーヒーを持ってくる。

「クッキーはいかが」

と言うので、二枚いただく。しばらくしてまた「クッキーは?」と言うので、

「ノーサンキュー」

と答える。後にどんな御馳走が出るか分からないのでおなかを控えておかなければという考えだった。ところが、それから二時間いても何も出て来ない。この日はティータイムに招待されたのであって、夕食に招待されたのではなかったのである。ティータイムは会

話を楽しむもので、出るものはコーヒーとクッキーぐらい。「ノーサンキュー」と言えばもう何も出て来ない。

大家さんのスルーフさんに招待されたことがある。今度は夕食の時間だったのでさぞかしいっぱいの御馳走が出るだろうと思ったら、これもとてもシンプル。ジャガイモに肉料理、それにスープ。二皿で終わり。日本では考えられないが、これがオランダの人の接客法だ。特別なことをせず、日頃自分たちが食べているものをそのまま出す。日本人のように前の日から大騒ぎして用意することはない。だから気軽に友だちを招待できる。

女王の日のフリーマーケット

女王の誕生日には各地でフリーマーケットが開かれる。開くのは子どもたちだ。この日のために日頃から集めておいたいろいろな品物を売りに出す。ガラクタばかりだが、みんな値段交渉をして買って行く。売り手も買い手も駆け引きを楽しんでいる。片方しかない靴とか売れないものもいっぱいある。これが、女王の誕生日に開かれるというのは粋な計らいだ。民衆に溶け込んだ王室と言われるゆえんである。

シントニコラス祭

世界中で一番素晴らしいクリスマスを迎えるのはオランダの子どもたちだろう。クリスマスは十二月二十五日だが、オランダのクリスマスは十二月五日だ。この日をシントニクラス祭と呼ぶ。シントニコラス…英語で言えばセイント・クラウス…サンタクロースだ。

シントニコラス

シントニコラスはおよそ一か月前の十一月十六日にお供のズワルトピッツ(黒人の少年)を従え、スペインから船でやってくる。この日はオランダ中大騒ぎだ。テレビは特別番組を延々と流す。シントニコラスはこの日から十二月五日まで毎晩白い馬にまたがって良い子はいないかと探し回る。子どもたちは自分の所に来てほしいので、馬の好物のにんじんと水を玄関先に置いておく。すると朝には小さなプレゼントが置かれている。これが一か月も続く。そして、十二月五日のシントニコラス祭の日には子どもたちが一番ほしがっていたビッグなプレゼントが枕元に置かれる。

ダー先生の家にもシントニコラスがやってきた。十二月五日、隣の家の前に一台の車が停まった。そこから何とシントニコラスとズワルトピッツが降りてくるではないか。

「いいな～」

とダー先生の子どもたちがうらやましがっていたら、シントニコラスは隣に入らずこちらに来るではないか。

「ピンポーン」

玄関のベルが鳴る。子どもたちはもう興奮状態だ。入って来たズワルトピッツは袋からお菓子を取り出し、床にばらまく。シントニコラスはおもむろに聖書のような分厚い本を取り出し、

「マト君、君は切手を集めていたね」

と言って、切手をプレゼントする。こうやってみんなにプレゼントが配られる。

実はこれは友人マルセルの仕組んだことだった。マルセルが友人の家にシントニコラス

になって行く代わりに、その友人がダー先生の家にシントニコラスとして来てくれたのだ。こうやって十二月五日には、何百、何千というシントニコラスがオランダ中を走り回る。オランダの子どもにとってシントニコラス祭は一年で一番楽しい行事なのだ。

花の中での暮らし

オランダ人はパンを二つ買うお金があれば、パン一個と花を買うと言われる。それほど花が好きで花に囲まれる生活を大事にしている。

四月を過ぎると、オランダは国中花でいっぱいになる。家々の窓は鉢植えの花で美しく彩られ、庭は一年中花の絶えないように手入れをされている。街にはたくさんの花屋さんがあり、四季折々の花が店いっぱいに飾られている。路線電車やバスの中で大きな花束を抱えた人たちをよく見かけるが、プレゼントには花が一番喜ばれる。

木靴と花／絵・高橋愛美

日本人が道ばたのつくしやわらびなどを採ったりすると、オランダの人に注意される。理科の勉強で紅葉した葉っぱを取っていても叱られた。野にある草花を大切にするのは、海と戦ってきた長い歴史の中で、もともと海だった土地に草花が咲き、木が育ってきた時の大きな喜び、その喜びがオランダ人の心の中に今も生き続けているからだろう。

動物をかわいがるオランダ人

オランダの人はとても動物を可愛がる。近くの公園に行くとリスが出てきて手のひらのピーナツを食べる。春の運河では、カモやカイツブリ、オオバンなどが手の届くような所で安心しきって卵を抱いている。

ちょっと町外れに出るとキジや野ウサギに出会う。菜の花畑の真ん中を鹿が走って行ったり、道路にハリネズミがのこのこ出てきたりするのを目にする。おもしろいのはサギだ。運河で釣りをしている人がいると、その側には必ずと言っていい

アオサギ／絵・山口真子

ほどアオサギがたたずんでえさをくれるのを待っている。魚を投げてもらうとまた次の魚が釣り上げられるまでじっと待っている。釣り人とアオサギはまるで十年も前からの友達のようで、とてもほほえましい光景である。

オランダの自由な教育

旗とカバン／絵・小林美優

五月だったか、近所の家の旗の先っぽに使い古したカバンがぶら下がっていた。何だろうと思ってマルセルに聞くと、

「オランダでは学校を無事に卒業したり、希望の学校に入ったりすると、みなさん、私は無事に学校を卒業できました。共に喜んで下さい。という意味でカバンをぶら下げたりするんだよ」

という答えだった。とてもほのぼのとした話で、オランダの人の温かさを感じる。国土の三八％が標高一メートル以下のオランダは、堤防を造り、風車で運河に水を汲みだしては干拓地を広げてきた。これが「自分のことは自分でやる」という気質を培ってきたのだろう。教育も自由で、実にユニークだ。

オランダでは義務教育でも親が学校を選ぶことができる。教育を受ける側に学校を選ぶ自由を与えているのだ。各学校は地域の親向けに「オープンスクール」の日程を新聞などに掲載する。このオープンスクールで、学校の経営方針やカリキュラムなどの説明をし、また親を相手に模範授業を行う所もある。校風や特色ある学校で選ぶのは無論だが、最後の決め手は直接子どもに携わる教師の印象が強いという。もし近くに望む学校がない場合、隣の町の学校に行くこともできるし、その場合の交通費も市などが面倒を見てくれる。最近、東京の品川区で学区制を廃止しているようだが、その原点はこのオランダにあるように思える。

やはり学校は遠くにあるより近くにある方が便利だ。そこで個人や私的団体に私立学校を設立する自由を与えている。もし学校を造りたいと思ったら、教員スタッフを集め、決められた数の生徒を確保して（人口十万人以上の都市なら一三五人以上）カリキュラムを自治体に提出すると、校舎も斡旋してくれるし、教員の給与も自治体が出してくれる。こうやって毎年百もの私立学校が設立されているという。私立でも親の負担はない。

ところが生徒が少なくなると、学校は廃校の憂き目にあう。毎年これまた百もの学校がなくなる。当然、教師もクビになる。だから、教師は必死になって子どもの教育に当たる。

「日本の先生はいいですね」

というのはオランダの先生の言葉だが、これは日本の先生、特に公立の先生にとって耳の痛い言葉である。日本では、ロッカーに酒を隠して密かに飲んでいる先生や、子どもが嫌いで仕方なく教師をしているような先生でもクビになることはないし、そんな先生でも校長や教頭になっていくのだから、オランダの先生からすると不思議に思えるだろう。

小学校を出ると、一人ひとりが能力に応じて自分に合った道を選択できるようになっている。中等教育は、初級、中級、上級、大学進学コースに分かれていて、どのコースに行くかは小学校の成績と教師の助言を参考に親と本人が決める。内申が重視され、日本のような中学入試や高校入試はない。また、職業教育のウエイトが高く、多種多様なコースが選べるようになっている。中学校からその道ひとすじでやってきたような人が多いのか、オランダの人は自分の仕事に自信と誇りを持っているように感じる。またレベルの高い大学を出たからと言ってむやみに尊敬されることもない。だからこそ、このように多種多様な教育がなされるのだろう。

ガリバーの国オランダ

マルセルはホールブルグの隣の家のおじいさん、おばあさんの息子である。年齢は三十歳ぐらい。

ダー先生がオランダに来て間もない頃、隣の家に荷物を持って運び込んでいる青年に会った。

「ダーア」と声をかけると、元気のいい返事が返ってきた。

「コーヒーでも飲んで行かないか」

と声をかけたら、早速帰りに寄っていった。彼との付き合いはここから始まる。彼は、近くのフラットに住んでいて、毎週土曜日に足の不自由なお母さんに代わって買い物をして届けている。なかなかの孝行息子だ。

「マルセル、どうして一緒に住まないの?」

と聞くと、

「オランダでは十八歳になると、みんな独立して家を出るのが当たり前だよ。たとえ、学生でも二十六歳まで児童手当がもらえるので、その手当てで学費もフラット代も払えるんだよ」

という。素晴らしい福祉国家だ。マルセルの両親は、のみの夫婦だ。お母さんの方がお父さんよりも背が高く横も大きい。マルセルが一八五ｃｍあるというのにお母さんはそれに負けないくらいあるので大女と言える。ところが、オランダではこれが決して珍しくない。

一八〇ｃｍを超える女性はどこでも見かける。若い頃はスタイルもよいのでモデルみたいだが、年を取るにつれて肥満型になり、歩くのも不自由する程になる。マルセルもオランダの人の中では小さく見える。男性の平均身長が一八〇ｃｍだというので二メートルぐらいの人はいっぱいいる。大家のスルーフさんは二〇二ｃｍある。全くガリバーの国オランダである。

人類みな兄弟

マルセルは昼間郵便局で働いて、夜、学校に通って勉強をしている。それが終わると毎日ダー先生の家にやってくる。英語のつたなかったダー先生も一年間で大分話せるようになってきた。彼は、いろんな所に連れて行ってくれた。会社のパーティにも会社の釣り大会にも家族ぐるみで招待してくれた。日本からあすなろっ子のネモとオカの二人がやってきた時は、オランダ中を案内してくれて、さらにベルギー、スイス、フランスにも付いて行ってくれた。通訳兼ガイド役だ。オランダは狭い国なので、テレビにもイギリス、ドイツ、ベルギー、フランスの放送が入ってくる。学校でも語学に力を入れているので、マルセルもオランダ語以外に英語、フランス語が普通に話せる。

マルセルはダー先生ファミリーと交際しているうちにアジアに強い興味を持ち、とうとうインド女性と結婚した。ダー先生も家族ぐるみで結婚式に招待されたが、披露宴は会議室のような所を借りて、親しい友人と家族だけの立食のパーティだった。結婚式もシンプルなオランダだ。

あすなろっ子と風車

そのマルセルがちょっともらしたことがある。

「親戚のおじさんたちが、何で日本人と付き合っているんだと言うんだよ。実は自分のおじさんがインドネシアで日本兵に殺されているんだ。そこで自分は言ってやった。私は、日本人と付き合っているんではない。ミスターハラダと付き合っているんだと」

このおじさんたちの気持ちはよく分かる。五月四日はオランダの終戦記念日だが、この日一日中、日本兵のやった残酷なことを延々と流しているテレビ局がある。

「パパ、明日学校に行きたくない」

と小百合が言う程のショッキングな放送だ。小百合はインターナショナルスクールに通っていたので、みんなの目が恐かったのだろう。若い人には、もう日本人憎しの感情はなくなっているが、年輩の人の中にはまだ根強く残っている。まして、自分がインドネシアで捕虜となって悲惨な体験をした人には強く残っている。

オランダ日本人学校ではかつて運動会で万歳三唱をやっていた。ところがこれは戦争中の記憶を呼び起こし、オランダの人たちに悪い印象を与えるということで、自主的にやめにした。海外で生活するということはこんなことにも配慮しなければならない。日本の小学校の朝会では今でも「気をつけ、前にならえ」という号令をかける。これは、もともと軍隊から来た言葉ではないかとダー先生はできるだけ使わないように気をつけているが、ほとんどの先生は無意識に使っている。これは海外では慎重にしなければならない。

オランダ日本人学校では、日本と同じように年に何回か日曜日に行事を持つ。運動会、音楽会、学芸会、日曜参観日など。ところがオランダはほとんどの人がクリスチャンなので、日曜日は安息日となっている。日曜日には朝寝坊をしてゆっくり起き出す。お店も閉まっている。そんな日に日本人学校の周りに朝早くから自動車が入り、うるさくなると当然クレームが起きる。近所の人とは上手に付き合わなくてはいけない。そこで、地域のリーダー（日本で言えば自治会長）の人たちと話し合ったり、近所のマンションの住民を運動会や音楽会に招待したり、日曜授業参観日をオープンスクールみたいに開放したりして理解を求めながらやっている。これは、日本から来たばかりのいわゆる派遣教員にはなかなか気づかないことだ。海外の日本人学校には手が足りないため現地で採用している先生が大抵何人かいる。その人たちは、現地の事情をよく知っているので教えられることが多い。郷に入れば郷に従えだ。

それにしても、マルセルの、

「私は日本人と付き合っているのではない。ミスターハラダと付き合っているんだ」

という言葉にはオランダ人の国際性を感じる。オランダに来るまで、オランダに黒人の人がたくさんいるなんて知らなかった。その黒人と白人とが肩を組んで歩いているのを見るのは日常茶飯事だ。家の近くにどう見てもアジア系の子どもがいた。その子が、

「パパ、ママ」

と追いかけてる先を見ると白人の夫婦が少年を待っている。こんな光景はよく目にする。オランダもアメリカのように人種のるつぼだ。トルコ生まれのオランダ人、韓国生まれのオランダ人というようにたくさんの外国人が今はオランダ人となっている。戦争中、ナチスからユダヤ人のアンネを匿ったのも、赤十字の父アンリー・デュナンのいう「人類みな

兄弟」という考え方がオランダ人の心の中に深く浸透しているからだろう。

オランダ人の水泳は平泳ぎから

オランダは運河の国である。国の至る所に運河が走っている。その運河に囲いや柵のようなものはない。当然、運河に落ちる人も多い。ダー先生も夜、田舎道を走っていて急カーブで運河に落ちそうになったことがある。そこで身を守るために水泳が盛んだ。オランダの水泳は日本と違って平泳ぎから入る。もし運河に落ちても命が助かればいいので、速さを競うクロールは後でいいのだ。また立ち泳ぎが大事になってくる。ディプロマという試験があるが、服を着たまま、靴をはいたまま、立ち泳ぎ一分などの試験がある。

日本もオランダと同じように川も海も多い国だ。日本の水難事故のほとんどはプールで泳いでいる時の事故ではない。釣りをしてたり、川遊びをしてたりして過って事故に遭うのがほとんどだ。どうしてオランダのように平泳ぎや立ち泳ぎから入らないのだろう。また、着衣水泳を学校でもやらないのだろうか。

日本に戻ってきて、オランダの水泳の仕方、それに自分が平塚海岸で着衣のまま飛び込んで幼児を助けた経験から、着衣水泳の大切さを感じて学校でやろうとしたら、学校長に反対された。ところが、その翌年になって教育委員会から着衣水泳の勧めという文書が回ってきたら、校長は手の平を返すように学校でも取り組みなさいと来た。着衣水泳のいい、悪いを議論するのでなく委員会が認めたか否かが校長の判断なのだ。こんなことがくり返されると、熱心な教師はやりきれない思いにかられる。

ダー先生誕生

ダー先生はオランダから帰ってきて平塚市立神田小学校に勤務した。神田小に来て一番驚いたのは、子ども達が挨拶のできないことだった。担任の先生以外は先生と思っていないような態度をとる。いや担任の先生にも挨拶ができない子もいる。先生たちもそうだ。他の学年の子どもや他のクラスの子どもとすれ違っても声をかけない。ダー先生にはこれができない。

オランダ日本人学校は、全校生徒、小中合わせて二百四十名。小さな学校なのでみんなが全校の子どもたちの顔と名前が分かる家庭的な雰囲気の学校だった。廊下ですれ違っても互いに知らん顔なんてしない。「ヨオ」とか「何してるの」とか必ず声をかけ合う。下校は四時で、五台のスクールバスに分乗して帰るが、全教師が見送る。

「先生…また明日～」

まるで一年も会えないかのように一年生から中学三年生までが大きく手を振って別れを惜しむ。みんな学校が大好き、先生が大好きだった。

もっと驚いたのはオランダ人だ。運河の畔を歩いていると、向こうからお年寄り夫婦が歩いてくる。全く見も知らぬ人だが、すれ違う時「ダーア」と声をかけてくる。こちらも「ダーア」と返すとニコッと笑う。さわやかな気持ちになる。

親友マルセルとの関係もこの「ダーア」からスタートした。挨拶は、人間関係を作るのに一番手軽なものだ。そこで、いろんな機会を通じて「ダーア」の話をしてきた。「君たちは、知らない人じゃないんだよ。同じ学校の仲間なんだよ。先生もただのおじさんじゃないよ。たまたま校長先生がくじを引いて君たちのクラスにはなれなかっただけで同じ学校の先生だよ。先生に会ったら、ダーアでいいから挨拶をしてくれるとうれしいな」

それから階段や廊下ですれ違う時にダーアと挨拶を交わす子が増えてきた。そのうち何となく原田先生ではなく「ダー先生」と呼ばれるようになってきた。ダー先生はこのニックネームが大好きだった。校庭で遊んでいてもどこからか「ダー先生」という声が聞こえてくる。三階から手を振っている子がいる。「オーイ」とダー先生も返事を交わす。「ダー先生」になって子どもたちとの距離がぐっと近くなったのを感じる。

ある日、ひとりの子どもが、

「ダー先生いますか」

と職員室を訪ねてきた。

「ハーイ、ここだよ」

と応えようとしたら、近くにいた校長先生が、

「ダー先生なんてこの学校にはいません」

と言うではないか。その子はダー先生の顔を見ながら、

「ダー先生はそこにいるのに……」

とどうしたらいいかわからなくて困っている。ダー先生はそっとその子を廊下に連れ出して、

「どうしたの？　何の用事？」

と声をかけた。その子はやっと安心して用事を伝えて戻って行った。この校長は、ダー先生が子どもたちから「ダー先生、ダー先生」と慕われているのが気にくわないのだろうか。子どもに好かれる先生、これは教師の一番の資質じゃないだろうか。そんな教師がいるということは学校長としても喜ぶべきことなのに、子どもに向かって、「ダー先生はいま

せん」と言う校長。オランダで温かい心の広い校長先生の元で働いていたので、このギャップは大きかった。

湘南ＪＲＣ日本語教室

ダー先生たち湘南地区の青少年赤十字（ＪＲＣ）の教師でやっている一番の活動は、夏休みに、平塚市のびわ青少年の家でやっているメンバーシップ・トレーニングセンターというサマーキャンプだ。これは「気づき考え実行する子」を合言葉に、湘南地区の小学校、中学校のメンバーが集まり、集団宿泊生活を通して、自分を鍛え、人のため、社会のためになる人間を育てる目的で始めたものだが、一〇年経ってたくさんのメンバーが巣立ち、そのメンバーからまたたくさんのボランティアが育っていった。そのボランティアも上は社会人から下は中学生までと層が厚く広がっている。ただ、残念なことにメンバーシップ・トレーニングセンターは年に一度しかないので、折角育ったボランティアの活動の広がりがない。何とか彼らにいつも活動できる場を与えたいものだと考えていた。

青少年赤十字（ＪＲＣ）はボーイスカウトなどと違って学校の中でしか組織できないため、

中学生から社会人までをひとつに組織するものがない。そこでダー先生たちは横浜の日赤支部に働きかけ、地域青少年赤十字なる組織を作ることにした。これは、全国でも例がないようで抵抗もあったが、

「今の教育現場は忙しく、なかなか学校で青少年赤十字の活動を取り入れていこうという学校がない。また、小学校で活動していた子が、活動していない中学校や高校に進学したら、その芽が摘まれてしまう」

という湘南地区の先生たちの声が通って、全国に先駆けての地域青少年赤十字、湘南JRCが誕生した。

ちょうどその頃、ダー先生のあすなろクラスにペルーからケイコちゃんという可愛い女の子が入ってきた。

……四月十九日の体育の時間、先生が、

「みんな、ニュース、ニュース」

と言った。私たちは、先生に注目して話を聞いた。

「うちのクラスにペルーから来たかわいい女の子を入れてもいいかな」

私たちは「いいよ、いいよ」と言った。

その日の給食の時間に、私たちは、初めてペルーから来た女の子とその家族に会った。ペルーのリマという所から来たそうだ。日本の名前で「ケイコちゃん」と言った。

その日の放課後、みんなで太陽公園に行ってケイコちゃんと遊ぶことにした。私は先生とケイコちゃんを呼びに行った。太陽公園で手つなぎ鬼をして遊んだ。ケイコちゃんはあっという間にルールを覚えたので驚いた。また、足が速いのにも驚いた。

次の日から、ケイコちゃんはひらがなの勉強をした。家庭科と音楽の時間は、ダー先生と勉強をして、算数以外の時は一人で勉強をしている。一週間経って、今まで覚えた言葉をみんなでカードに書いた。いっぱいあった。すごいな〜。……

古尾谷弥和

ダー先生はケイコちゃんを持つ前に、ユー君という中国人の子を二年間受け持っていた。ユー君も全然日本語がしゃべれなかったけれど、漢字で大体の意味が分かるので何とか気持ちが通じ合えた。時々、家に行って個人指導もした。とても勘のいい子で、みるみるうちに日本語が上達し、卒業する頃には、日常会話は不自由しなくなった。そのユー君を卒業させ、何か気が抜けたようになっていたところにケイコちゃんが入ってきたので嬉しかった。

ただ、ケイコちゃんの場合は、ユー君と違って意志を伝えあう手段が何もない。ダー先生はスペイン語は全然分からないし、彼女には英語も通じない。ダー先生は書店に走って西和辞典と和西辞典を買ってきた。まず、やったことは、ひらがなを覚えさせることからだ。彼女は三～四日で覚えた。とても飲み込みの良い子だ。ひらがなを覚えたところで、学校生活に必要な言葉を絵入りのカードに書いた。これは、クラスのあすなろっ子のみんながやってくれた。その裏に、スペイン語で書いてやった。彼女は、算数以外の時間は、くり返しこのカードで勉強をしていた。こうして彼女は半年もすると日常会話は不自由ない程度になってきた。

ところが、彼女の両親は日本語を覚える機会が全然ない。そこで、ダー先生はオランダのことを思い出した。近くの学校で、夜、外国人を相手にオランダ語を教えているグループがあった。先生は、みんな近くのおじさん、おばさんで、マンツーマンで教えてくれた。

「ようし、この人たちのために日本語教室を始めよう」

ダー先生は仲間の先生や教え子たちに働きかけた。こうして、七人の外国人生徒と二十人程のボランティアが集まり日本語教室はスタートした。湘南ＪＲＣの最初の活動となった。

　この日本語教室は二〇〇四年の春で十二年になる。その間、ペルー、ボリビア、ブラジル、パラグアイ、イラン、パキスタン、アメリカ、イスラエル、カンボジア、コロンビア、フィンランド、中国、韓国の国の人たち百人近くが学んでいった。

　最近は、国際交流協会などの専門の日本語教室ができたので、大人はそちらにまかせ、もっぱら平塚に在住する外国人子弟の教育に当たっている。もう八年も前から勉強に来ている子どももいるし、来たばかりの子もいる。小学生から来ていたカンボジアやボリビアの子どもたちは今は高校生、大学生になって後輩の子たちを教えている。

　子どもたちは、外国人ということで学校の中でいろんな苦労があるし、ストレスも溜まる。でも、ここに来るとみんな兄弟のように和気あいあいとして何でも語れる仲間がいるので、まるでひとつの家族のようだ。

　ダー先生の願いは、外国の人たちが日本を去る時、

「日本はいい国だった。みんな親切で、いい友達がいっぱいいいた」

と言えるようにしたいことだ。自分が、異国の慣れないレバノンやオランダで受けた温かい親切に感動し、その国が好きになったように…。

また、日本の子どもたちにできるだけ早い時期に外国人とふれ合う機会を作ってあげて、「みんな同じ人間なんだ。みんな同じ地球に住む仲間なんだ」という感覚が自然と身につくようにしたいと願っている。

湘南JRC日本語教室

あすなろっ子

日本一、いや世界一の先生に！

「みなさん、先生は子どもが大好きです。遊ぶのも大好きです。一緒に仲良く遊びましょうね」

朝礼台の上に立ったダー先生の声は、春の暖かい陽気に浮かれたのか、初めて目にする千人近い子どもたちの前であがったのか、いつもよりうわずっていた。顔も紅潮していた。やっと長年の夢がかなった瞬間なのだ。拍手をしてくれる小さな子どもたちのきらきらした眼と笑顔にダー先生は心の中で誓った。

「ありがとう、みんな。先生は絶対平塚一、いや日本一、世界一の先生になるぞ。楽しくやろうね」

これが、ダー先生の教師としてのスタートの瞬間だった。素晴らしい天気に恵まれ、校庭の桜の花もダー先生のこれからの教師生活のスタートに花を添えているようだった。でも、これまでの道のりは決して平坦なものではなかった。

ダー先生は、大分県のM高校を卒業した。高校の社会科の先生になるべくいくつか教育学部を受験したが「サクラチル」の結果になった。病気で長年療養している父親をかかえながらも国立大学なら何とか援助してあげるという母の期待を裏切ったのと、経済的に浪人することはできないので、東京に住む叔母に無理を言って居候生活をすることになった。自分の実力では国立大学を受けるのは無理なので、私立大学、それも昼間働きながら夜に勉強する夜間大学を受験することに決め、その入学金を貯めるために叔父が勤めるワカモト製薬でアルバイトをすることになった。二か月ほどワカモトで働いていたが、近くに住む長男の兄が、

「どうせ、夜間大学に行くのなら、昼間もアルバイトではなくちゃんとした職場で働いて夜に勉強できるようにきちんとした仕事を見つけなさい」

と、電電公社（今のＮＴＴ）の募集案内を持ってきた。そこで電電公社を受けたところ

見事合格した。

　電電公社生活は日々充実していた。たまたま入った職場が東京料金局という所で、東京駅から近い大手町にあった。大分の片田舎から見たら、誰もが憧れる大手町に通える喜びでダー先生の心は舞い上がってしまった。仕事も最初の頃はおもしろかった。当時、キーパンチャーという仕事があったが、キーパンチャー病という病気にかかる女性が多かった。そこで男性に試験的にやらせてみようという試みで、ダー先生他十人の男性が選ばれてキーパンチャーとなった。百人もの女性の職場に十人の男性キーパンチャーが入ってきたので、周りの女性キーパンチャーの注目をあびた。当然恋も生まれ、カップルも誕生した。

　ダー先生は、組合の青年委員会という若者の組織の委員長に選ばれたので、若い仲間たちのリーダー格になっていろんな活動をすることになった。春のハイキング、夏のキャンプ、クリスマスのダンスパーティ、冬のスケート…その中でダー先生も恋をした。

　大学を受けるために電電公社に入ったのに、職場で出会った素晴らしい仲間といろんな楽しい活動に没頭する中で、とうとう翌年は大学入試を受けることができなかった。仲間との生活を楽しむあまり準備が足りなかったのだ。でも、その翌年、同期に二年遅れて某私立大学に入学することができたが、その大学には教育学部がなかったので仕方なく法学部に入った。でも教職課程はとった。

入学してからの四年間は大変だった。職場には慣れてきたので疲れることはなかったが、毎日夜九時まで講義があり、その後学校の図書館で勉強、他の人よりも教職課程の単位を余計にとらなければならないので、毎日が終電だった。そして、その間を縫っての彼女とのデート。どこにそれだけのパワーがあったのかと思う四年間だったけれど、やはりダー先生は若かった。

大学を卒業するときになって二つの道があった。このまま電電公社に残れば、電電公社は大学卒として認めてくれることになる。楽しい職場だったし、いい仲間もいっぱいいたので少しは心が傾きかけたけど、やはり、昔からの夢を捨てることはできなかった。

学校の先生になる夢を選んだ。電電公社にいながら、三重県、静岡県、神奈川県の三つの県の高校の社会科（歴史）の教師になるべく試験を受けた。自分ではがんばって勉強してきたつもりだったけど、やはり昼間勤めながら夜は大学の勉強もあるので教職試験の準備の時間が少ないのがたたった。三重県、静岡県とも落ちた。最後の神奈川県で何とか救われた。

「高校の社会科の教員は定員が満ちたけれど、中学校の教員の方は可能性があるので名簿に登載した」
と連絡があった。ダー先生は本当に嬉しかった。ダー先生が先生になりたいと選んだ地はみんな太平洋の海沿いだった。その頃、加山雄三の「若大将シリーズ」が映画で人気だった。明るい太陽、青い湘南の海、若者たちの天国、バックに流れた「旅人よ」の曲。ダー先生もこの明るい海に憧れを持っていた。先生になるなら海の近くがいい、できたら湘南の海にと。

ところが、名簿登載しましたという連絡があってから三月まで何の連絡も来なかった。ダー先生は名簿登載されたというのを合格したと勘違いしていた。名簿に登載されたというのは、試験に合格したけれど、欠員が出たら順に採用されるもので、欠員が多ければ採用されるけれど、一年間待っても欠員が自分の順まで来なかったら不採用ということになることは後で分かった。

合格したと思っていたので、電電公社に早々と辞表を提出していたので、仲間や先輩たちがもういくつか送別会を開いてくれていた。三月を過ぎたらもう辞めなければならない。切羽詰まった思いで三月半ばに神奈川県教育委員会に電話をした。
「中学校の社会科教師に名簿登載された原田ですが、まだ何の連絡も来ないのですが、どうなってるのでしょうか」

「原田さんですね。確かに名簿に登載されていますが、今、中学校の社会科の教員の欠員はありません。欠員があるまで待っていただくしか仕方ないですね」

「それでは困るんです。今の職場にもう辞表を提出したので、三月からは仕事も住居（電電公社の寮）も失うことになるんです。何とか方法はないでしょうか」

ダー先生の必死な思いが相手の人にも伝わったのでしょう。

「原田さん、それなら小学校の先生はどうですか。今、神奈川県では小学校の先生が不足しているので、小学校の先生ならすぐにオーケイが出ますよ」

「でも、私は小学校の教員の免許は持っていないのですが…」

「それなら心配いりません。学校に勤務しながら半年間京浜女子大に通えば単位が取れますから」

　小学校の先生か…高校の教師を希望して中学校の先生に登載され、今度は小学校。ダー先生の心は少しはゆれたけれど、もう後はなかった。すがる気持ちで、

「では、小学校の先生でお願いします。でも、将来、中学校や高校の教師になれる道はあるのでしょうか」

「それはあると思いますよ」

ダー先生はほっとした。地獄で天使にあったような心境だった。小学校の先生でもとにかくこの四月から先生になれる。ダー先生の顔はひとりでにほころんでいた。それから二、三日して神奈川県教育委員会から連絡が入った。

「原田さん、決まりましたよ。あなたの勤務先は、平塚市の崇善小学校です」

「平塚、平塚市。どこにあるんだろう。戸塚の近くかな」

ダー先生は、平塚市がどこにあるか知らなかった。早速地図で調べて飛び上がって喜んだ。何と平塚はダー先生が憧れていた湘南の茅ヶ崎市の隣で、しかも海に面しているではないか。この一週間はまさに地獄から天国だった。職も住居も失う危機から一転して転がり込んできた幸運…。

最初のあすなろっ子

ダー先生は、子どもたちのきらきら輝く目を見ながら迷いが吹っ飛んだ。

「よし、この子たちと思いっきり楽しくやるぞ。この輝く目に応えていくぞ」

本当に子どもたちはかわいかった。ダー先生は、二年生の担任になった。校長先生が、ダー先生が新採用ということと午後京浜女子大に通わなければならないので、午後の授業がほとんどなくしかも学校生活に慣れてきて一番素直な二年生の担任にしてくれたのだ。実際に二年生は本当にかわいかった。一年生の時の先生がベテランの先生でこの春退職され、その後を受けて担任になったのだが、この先生がきちんとしつけてくれていたので、子どもたちは実に素直で、ダー先生の言うことをまるでスポンジが水を吸うように吸収していった。

ダー先生には、経験はなかったが若さとやる気はあった。毎日、休み時間に外に飛び出して子どもたちと遊んだ。子どもたちもそんなダー先生にすっかりなれてまとわりついてきた。ダー先生は、午後、子どもたちとさよならしたら京浜女子大に通うために駅まで走らなければならない。崇善小学校は、町のど真ん中にあった。商店街の子も多く、駅方面に帰る子が毎日ダー先生を待っていた。半年間、毎日のように、先頭に立って走るダー先生の後を、遅れまいとランドセルを背負った十人ほどの二年生がかけていく姿を町の人々はほほえましく眺めていた。ダー先生にとっても子どもたちにとっても、とっても楽しい半年間だった。

宿直の夜Ⅰ　さとる

ダー先生が教師になった頃には、まだ宿直があった。ダー先生は若かったので宿直を嫌がる先輩の先生たちに代わって毎日のように宿直をしていた。電電公社時代に知り合った彼女との結婚資金も貯めなければならなかったので一石二鳥だった。

そんなある日、夕方、諸先生が帰った後さとるが遊びに来た。さとるの家は駅のすぐ近くだったので毎日駅まで走る一人だった。ダー先生によくなついていた。今までもよく遊びに来ていたが、この日は暗くなり始めたのになかなか帰ろうとしない。どうも様子が変だ。

「どうしたんださとる。お兄ちゃんとまたけんかをしたのか」

やはり、けんかをしたらしい。さとるの家は六人家族で、さとるは下から二番目だった。この日は特にすごいけんかをしたらしく、家に帰ったらお兄ちゃんにやられるのがこわいのだ。

「分かった。じゃ、今日は先生とここに泊まっていくか。お母さんに電話をしとくから大丈夫だよ」

さとるの顔が不安そうな顔からにこにこ顔に変わった。

「でも、今晩は先生の助手をして見回りに出かけるんだよ」

「アイアイサー」

さとるは元気に返事をした。そんなさとるの顔を見てダー先生も嬉しくなった。寝る前に二回見回りに出たときのさとるのうれしそうな姿、そしてひとつ布団に二人で寝たときのさとるの安心しきった姿を見ながら、ダー先生は本当に先生になってよかったと思った。

「お休み、さとる…」

宿直の夜Ⅱ　ウシガエル

「最近、夜中にウシガエルが鳴いて、うるさくて眠れなくて困る。誰がウシガエルなんて池に入れたんだろう」

宿直で泊まった先生たちが、職員室で話している。ダー先生はその話を聞いて、職員室の片隅でペロッと舌を出した。実は、一年程前にダー先生が初めて教師になって持った二

小便小僧とウシガエル／絵・小林美優

年生の子と学習のためにオタマジャクシをさがしに行った。平塚に来たばかりの頃で、どこにオタマジャクシがいるのか全然分からない。子どもたちに聞いてみたら、マユが、

「花水川にいるのを見たよ」

と教えてくれたので、休みの日に、マユと五年生のお姉さんのユカの三人で花水川にオタマジャクシをさがしにいった。いた、いた。ダー先生が今まで見たこともない大きなオタマジャクシがうじゃうじゃいた。五〇匹も捕まえて意気揚々と引き上げてきて教室に置いた。翌日の子どもたちの喜ぶ顔を思い浮かべながら…。

翌日、ダー先生が教室に入っていくとみんな大騒ぎをしている。

「オ、みんな喜んでくれたな」

と思っていつものように、

「おはよう」

と元気よく入っていくと、

「先生、オタマジャクシがみんな死んでいるよ」

えっと思って見てみると、いるわ、いるわ。ロッカーの下にオタマジャクシの死体がうじゃうじゃ。それでみんなが騒いでいたんだ。実は、たくさんバケツの中にいたので、みんな夜中に外に飛び出したらしい。ふたをしなかったダー先生の失敗だった。バケツの中にいたのはわずか二匹だった。かわいそうなことをしてしまった。みんなで死んだオタマジャクシをうめてあげて、残った二匹も死んではかわいそうだと子どもたちが言うので、中庭の小便小僧の像がある池に入れてやった。

先生たちが話しているのは、このオタマジャクシが大きくなったんだ。どうも大きいオタマジャクシだと思っていたら、ウシガエルのオタマジャクシだったんだ。ダー先生が宿直をした日、やはり夜中にウシガエルが「ゴーゴー」と鳴いている。すごい声だ。これじゃみんな眠れないわけだ。そっと池に見に行くと、二〇㎝もあるウシガエルが小便小僧の台座に座って月に向かって吠えている。

その夜の事だ。就寝前の見回りも済ませ、床についたダー先生は「ゴーゴー」と鳴くウ

シガエルの声が突然止まったので、おやっと思った時、

「バッシャーン」

という池に何かが落ちた音を聞き、慌てて懐中電燈を持って池に向かって飛び出していった。

「誰だ」

「先生、今晩は」

何と懐中電灯に照らし出されたのは、ずぶ濡れになった、学校の目の前の中華食堂「和星」の主人だった。小さなラーメン屋さんだったが、そこのラーメンはうまかった。特に野菜炒めは最高だった。ダー先生は給食のない土曜日によくこの「和星」で食事をするお得意さんだった。

「おじさん、どうしたんですか」

「いやあ、先生。申し訳ない。着替えてくるからちょっと待っててください」

と言って、こそこそと帰って行った。

しばらくして、さっぱりした服に着替えたおじさんが、ビールとおつまみを持ってやってきた。

「先生、夜中にお騒がせをして申し訳ない。おわびにいっぱいやりましょう」

おじさんのおごりでいっぱいやりながら話を聞いたら、おじさんは昔フランスレストランで修業したことがあって、毎晩学校から聞こえてくるウシガエルの鳴く声を聞きながら、「よし、あのウシガエルを捕まえて、久しぶりにカエルを使ったフランス料理を作ってみよう」

と思ったそうだ。今夜はちょうど月明りで明るかったので、捕まえるのに最高の日だと思い網を構えて捕まえようとした途端、足が滑って池にボチャンとなったとのこと。ウシガエルのおかげで、すっかりおじさんと意気投合し、それから時々宿直の日に飲みながら語り合うことになった。

いつまでもあすなろっ子と

ダー先生が最初のあすなろっ子に出会ったのは、彼らが二年生の時だ。半年間、駅まで通う先生と一緒に駅まで走った子どもたち。休み時間は花いちもんめをしたり、ドッジボールをしたりして遊んだ。休みの日もよく湘南平という山に連れて行って遊んだ。そのあすなろっ子たちは三年生になってクラス替えになり、別れることになる。でも、ダー先生は彼らと別れるのがいやで、三年生の受け持ちを希望したら、希望がかなった。四年になるときもクラス替えになった。そこでも別れるのが辛くて、四年を希望したら、校長は四年の担任にしてくれた。この子たちはその後三年間クラス替えがなかった。ということはダー先生は二年から持ち上がった子を五年間受け持ったことになる。そんな子が二人いた。

彼らが五年、六年生の頃、ポニーメーンズという野球チームを作って平塚市の大会に出た。日曜日や夏休みは毎日のように練習をした。女の子数人がマネージャーを買って出てくれた。ユニホームなどなかったので、彼女たちが、体操服の上にフェルトで作ったポニーのマークを縫い付けてくれた。ユニホームらしくなった。飲み物の麦茶も作ってくれた。娘の小百合の子守りまでしてくれた。まったく手作りの野球チームだった。二年間出場して二回戦までが最高の成績だったけれど、男の子がひとつになり、それを女の子がサポートしてくれるこの野球の体験が、いい人間関係をつくったなと思う。

ＳＨＫ放送

ダー先生が教師になって二年目に、崇善小学校では、平塚市では初めてのテレビ放送がスタートすることになった。以前から視聴覚教育が盛んな学校だった崇善小学校に、今度は放送教育を研究してほしいという市の依頼があったらしい。そして、そのテレビ放送の担当に何と二年目のダー先生が指名されたのだ。ダー先生は中学校時代の三年間、放送部で活躍していたので喜んで引き受けたけれど、校長先生は自分が放送部にいたなんて知らないはずなのに、どうしてまだ二年目の若い自分を指名したのか不思議な思いはあったが、市内でも初めてのテレビ放送を開局するということにダー先生の胸は踊った。

普通、委員会活動は五年生からだが、放送部員は特別に四年生から募集した。先生たちは、六年生に機械の使い方やカメラの動かし方、番組の作り方を指導する。六年生は五年生、四年生を指導する。二〜三年経つと一番長い子は三年間の経験があるので番組作りも順調に行く。一番多い時は週に五本の番組を作った。これは小学生には大変なことだが、彼らは、時には朝六時から番組作りに入り、中休みも昼休みも放送室につめて番組の製作に

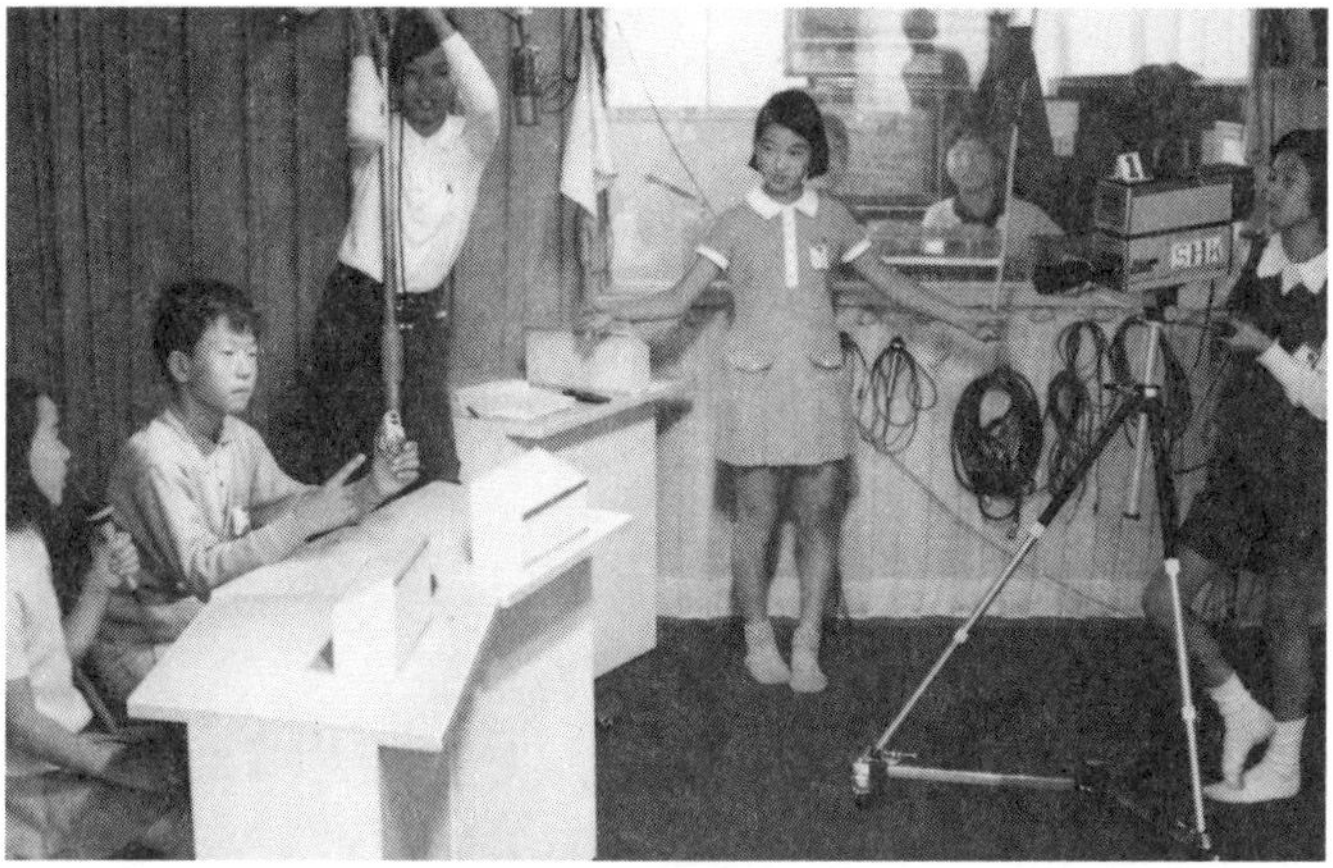

SHK放送

当たった。夕方も六時頃までがんばるのが毎日だった。ダー先生も、休み時間は、クラスの子どもたちといるよりも放送部の子どもたちと活動していることの方が多くなってきた。みんないつも一緒に仕事をしているのでとてもいい人間関係ができた。放送内容も年々よくなり、人形劇で、「宝島」や「泣いた赤鬼」などの優れた作品を作るまでになった。リーダーの上さんが卒業する時、涙を浮かべて、

「先生、お世話になりました」

と来た時には、ダー先生もジンと沸き上がるものを覚えた。三年間、自分の片腕となってみんなを引っ張ってくれた上さん。みんなから、

「上さん、上さん」

と慕われていた上さん。彼の涙は、普通の小

学生では体験できない、素晴らしい体験を共にした仲間と先生とに「ありがとう」の満足感あふれる涙だとダー先生には分かった。

「ありがとう。上さん。君でなかったら、ここまでSHK放送を発展させることはできなかったよ。そして、きっとこの体験が君のこれからの人生に大きなプラスになっていくよ」

彼との関係は一先生と一生徒との関係をはるかに超えた信頼関係で結ばれていた。

ちびっこ動物園

児童会長に、クラスの人気者でSHK放送のアナウンサーをしているメグが立候補することになった。メグの公約は「ちびっこ動物園を作ろう」だった。動物好きのメグは、当時学校にはウサギが一匹とアヒルが一羽しかいないのを見て、もっと動物を増やしたいと願っていた。ダー先生の所に相談に来た時、ダー先生はひとつアドバイスをした。

「メグ、動物を増やしたいだけでは、インパクトが弱いよ。動物園を作りたいとかもっと訴えるものがあった方がいいよ」

そのアドバイスを受けて、友達と相談した公約が「ちびっこ動物園を作ろう」だった。S

HK放送のナンバーワンアナウンサーだったメグのスピーチはみんなの気持ちをつかんだ。ダントツのトップで会長に選ばれた。公約は大人の政治家の選挙のための公約ではだめだ。何とかして動物園作りを実行に移さなければ…。クラスのみんながいろんな知恵を出し合った。

「僕のうちにインコが二羽いたんだけど、この前一匹が死んじゃったんだ。一匹だけ残されたインコはとてもさみしそうだよ。こんな家がきっと他にもあると思うよ。みんなに呼びかけてみたら…」

マサオの意見だ。メグは早速テレビでみんなに呼びかけた。

「みなさんのうちで飼っているインコで、一匹だけになっているかわいそうなインコはいませんか。もしいたら、ちびっこ動物園に寄付してください」

早速、反応があった。やはりSHK放送の影響は大きい。すぐに一〇羽ほどのインコが集まった。同級生の家が「みみづく園」というペットショップをやっていた。この家からも一〇羽ほどのセキセイインコが寄付された。ちびっこ動物園の夢は順調なスタートを切った。

そんなある日、飼育委員会のカズ君がおじいさんと一緒に珍客を連れてやってきた。何と、子ブタだった。何か動物がいたら寄付してくださいと呼びかけている以上、拒むことはできなかった。飼育委員会の子どもたちは子ブタに夢中になっている。ただ、臭いがと躊躇しているダー先生におじいさんが言った。

「先生、ブタというのはもともとはとても清潔好きな動物ですよ。いつもみんなで気をつかっていれば臭いもありませんよ」

この一言で決まった。この子ブタを飼うことになった。でも、子ブタの小屋がない。何とかして子ブタ君の小屋を造らなくてはならない。フミオが提案した。

「先生、ぼくんちは古材を扱っているから、お父さんに古材を分けてもらうよ」

「ぼくんちは金物屋だから、金網を安くしてくれるようにお父さんに頼んでみるよ」

副会長のアキラが側から口を添えた。二人の口添えで材料は集まった。それから、放課後遅くまでかかって、あすなろっ子、児童会の役員、飼育委員会の子どもたちが協力して何とかブタ小屋ができあがった。子ブタは、たちまち全校の人気者になった。子どもたちが近づくと、エサをねだってすりよってくる。そのひとなつっこさに休み時間にはたくさんの子どもたちの輪ができた。飼育委員会のネモ、サク、オカ、ブケーの四人組はそんな子ブタによくブラッシングをしてやった。そうすると、子ブタはすぐゴロッと横になって気持ちよさそうに「ブーブー」とおとなしくしている。こんなにブタがかわいいもんだとはダー先生は知らなかった。

そんなある日、神奈川新聞の新聞記者がやってきて、子ブタにブラッシングしている写真を載せて「おーい。動物やーい」という記事にしてくれた。この記事の反響はすごかった。遠くは鎌倉、横浜から。近くは、秦野、伊勢原、大磯から連日ひっきりなしに電話が入った。

ちびっこ動物園・ブタ

「うちに、モルモットがいるので寄付しましょう」

「うちには、うさぎが五匹います。どうですか」

「金鶏という珍しい鳥がいるんだけど、取りに来れますか」

ダー先生は汗だくで対応した。

「鎌倉ですか。ちょっと伺うのは無理なので、もし近くに寄る時はお願いします」

「秦野ですか。今度の土曜日は如何でしょうか。ありがとうございます。アヒル三羽ですね」

こうやって、集まった、集まった。すごい数の動物園になった。うさぎ三〇匹、アヒル二〇羽、ハムスター一〇匹、モルモット五匹、金鶏二羽、ウズラ三羽、シマリス二匹、クジャク鳩一〇羽、ハト一〇羽、キジバト三羽、小鳥が五〇羽、そしてにわとりのおんどりが何と一〇〇羽…これだけの動物を入れる小屋を造らなければならない。ダー先生のクラスだけではなく、六年生のほとんどが放課後金づちを持ってきてトントンやるようになった。ここまで来たら、先生たちも黙って見ていられなくなってきた。夕方遅くまで、六年生の子どもたちと先生とでアヒル小屋、ウサギの運動場などを次々に作っていった。

にわとり小屋は一〇〇羽もいるので作れないので、校舎と校舎の間を仕切って自由に飛び回れるようにした。出入り口のとびらは、シン君が汽車に乗っている動物の絵を描き、みんなで色を塗って完成した。第一校舎と第二校舎の間が完全に動物園になった。昼間は、ニワトリ一〇〇羽が飛び回り、ウシガエルがいた池にはアヒルが二〇羽も泳ぎ回っている。

エサが大変だったけど、地域の人たちが協力してくれた。八百屋さんは、朝夕二回くず野菜を届けてくれ、米屋さんは米ぬかやくず米を寄付してくれた。給食室であまりのパンをもらってきて与えた。リスやハムスターのエサは、すぐ近くの神社にドングリ拾いに出かけて貯蔵しておいた。また、夏にひまわりを植えてその種を採った。そのひまわり畑もグランドの片隅に古タイヤで仕切りをし、みんなで固い土を掘り起こして作った物だ。ここまでやってきたところでまた子どもたちから声があがってきた。

「ダー先生、動物園には、クジャクやシカがいるでしょう。ちびっこ動物園にもクジャクやシカがほしいな」

「そんなこと言ったって、クジャクやシカをどうやって手に入れるんだい」

ここで、子どもたちの「気づき考え実行する」が始まった。

「クジャクやシカは動物園にいるよ。横浜の野毛山動物園にいるのを見たことがあるよ」

「動物園では、動物が増えすぎて困っていると聞いたことがあるよ」

「そうだ。野毛山動物園の園長先生に手紙を出そう」

「増えすぎたクジャクやシカがいたらゆずってほしいと」

本当に子どもたちはこのことを実行に移した。手紙を書いた三、四日後、

「ダー先生、お客様ですよ」

事務の先生に呼ばれて玄関に行くと、何と野毛山動物園の飼育主任をされている方が来ていた。

「園長に言われて来ました。実は、野毛山動物園は横浜市の財産なので、他市に動物を譲ることはできないのですが、子どもさんからのたっての願いなので、ちびっこ動物園の様子を見てくるようにと来たのですが…」

そう言って、子どもたちが作ったちびっこ動物園を見て回った。

「これだけの動物を子どもたちだけで世話をするなんてすごいですね。ちょっとしたミニ動物園ですね。エサが大変でしょう」

ダー先生は、エサは保護者の八百屋さんが朝夕二回、いらない野菜や果物を運んでくれること、地域の米屋さんがくだいた米やぬかをくれること、子どもたちがひまわりを育ててその種を保存したり、秋に近くの神社にドングリ拾いに行って蓄えておくことなどを説明すると、

「地域の人の協力もあるんですね。分かりました。何とか協力しましょう。でも先生、シカを飼うには、高さが最低三メートルのフェンスが必要です。ちびっこ動物園のフェンスは九〇センチしかないのでシカは無理ですね。その代わりに屋久島ヤギをプレゼントしま

しょう。クジャクもつがいでプレゼントしましょう」と言って、帰っていった。ダー先生は、大喜びでこのことを子どもたちに伝えた。子どもたちは飛び上がって喜んだ。自分たちが「気づき考え実行」したことがかなったのだ。

ここまで話が進んでくると職員会議にかけなくてはならない。ところが、この職員会議で思わぬ結果が出た。ダー先生は、先生たちも子どもの夢をかなえてあげたいと賛成してくれると思っていたのに、反対意見がいくつか飛び出し、多数決でわずか二票の差で否決されてしまったのだ。子どもたちは、予想もしていない結果にがっかりし、泣き出してしまった。

「先生、お願い。もう一度職員会に出して、私たちの夢をかなえて」

子どもたちの必死の叫びにダー先生は翌月の職員会に再度提案した。

「子どもたちは、ここまで自分たちの力でちびっこ動物園を造ってきました。エサも地域の方々が協力してくださるので、エサ代もほとんどかかりません。この地区は町中なので動物を飼ったりすることができない環境にあります。そんな子どもたちに動物にふれさせることは道徳教育にも大きなプラスになると思います。何とか子どもたちの自主の芽を摘まないで夢をかなえてやってください。僕たちの学校にはクジャクがいる。そんな誇れる学校にしてあげてください」

「ヤギは子どもにとって危険じゃないか」

「そんなことはありません。おとなしい動物だと動物園の方は言っていました」

「発情期になると危険になるのでは」

「それは分かりませんが、野毛山動物園などでもふれあい広場で子どもたちとふれ合わせているということは、危険はないと思うのですが…」

「クジャクが野犬に襲われたらどうしますか」

「それは、もっとがんじょうな檻を造るようにするとかすれば…」

反対意見の人は、何を言ってもそれに反対してくる。子どもたちの気持ちを考えて何とかかなえてあげるようにしようという発想がないのが、ダー先生には一番残念だった。二回目の多数決の投票も二票差で否決されてしまった。子どもたちと顔を合わせるのが辛かった。

先生たちの反対の理由に、先生たちは表だって言わないけれど、ダー先生が七年目だというのがあったようだ。当時の平塚市の教員人事は、七年で異動することになっていた。ダー先生は、今年限りで他の学校に行ってしまう。その後、このちびっこ動物園の世話を誰が先頭になってやるんだ。土曜、日曜も夏休みも世話をしなくてはいけないこの大変な仕事を…。

結局、ダー先生が崇善小学校にいる間は、ヤギもクジャクも入ることはなかった。子どもたちの夢は叶わぬ夢で終わりになりそうだった。ところが、それを教頭先生と地域の人、PTAの会長さんがかなえてくれた。この時の教頭の遠藤先生は、子どもたちの先頭に立って常に子どもたちと行動するダー先生を温かい目で見守ってくれていた。クジャクの話が出たときも、早速、何軒かの廃材屋さんを回ってクジャクの檻になるような物がないかと当たってくれた。また、職員会議で二回否決されたときも、

「原田さん、大丈夫。何とか子どもの夢をかなえてあげるから」

と、励ましの言葉をかけてくれた。

また、PTA会長の今井さんは、本当の意味でのPTA会長だった。名誉職で会長を受ける人が多い中で、今井さんは違っていた。本当に子どもが好きだった。子どものために会長を受けた人だ。日曜日や夏休みなどもよく動物を見に来ていた。また、世話をしに来ている子どもたちに気さくに声をかけ、アイスをごちそうしたりもしていた。いろんな人にちびっこ動物園の話をしていたので、

「タヌキを捕まえたけどいるかい」

とか、いろんな情報が地域の人から会長の所に寄せられていた。

その二人が、ダー先生が崇善小学校を出た後、ベイルート日本人学校にいる間に、協力してクジャクの小屋を造ってくれた。「クジャクのいる学校」…という子どもたちの夢は叶えられたのだ。

崇善祭り

後期の児童会選挙が始まった。わがあすなろクラスからは、トシ君という男の子が立候補した。トシ君の公約は、「崇善祭りをやろう」だった。

「僕たちの町、平塚には七夕祭りがあります。でも、その七夕祭りは大人のお祭りで、僕たち子どもたちが楽しめるお祭りではありません。僕は、僕たちが計画し、僕たちがお店を出し、みんなで遊べる、そんなお祭りをしたいと思います」

そのトシ君は、残念ながらわずかの差で副会長になったが、この頃の崇善小学校のよいところは、子どもたちが唱えた公約をできるだけかなえてあげようという土壌があったことだ。特に、六年の学年主任の先生にはその強い気持ちがあった。その先生は、前に勤めていた神田小学校で、青少年赤十字の活動に積極的に取り組んできた方だったので、子どもの側に立って考えることができる素晴らしい先生だった。

「原田さん、動物園のこと（クジャクやヤギの反対）もあるから、慎重に考えて、職員会議に出そう」

この頃は、今のような総合の時間がなかった。今の総合は、子どもたちがやりたいこと、子どもたちが自主的に考え、行動する活動は授業時間内で行うことができる。そこで、ダー先生が提案したのは、

「土曜日の午後を使ってやる。参加者は自由。先生たちの参加も自由」

という内容だった。今度は、授業時間ではないので、表立っての反対はなかった。こうして、崇善祭りへの計画がスタートした。

トシ君たちは、全校の児童に「どんなお祭りにしたいか。どんなお店を出すか。そのお店は誰がやってくれるか」アンケートをとっていった。その中で、子どもたちがやりたいものに、古本やいらないおもちゃを集めてバザーをし、外国の恵まれない子どもたちに送ろうというのが出てきた。さすが、青少年赤十字の活動を普段からやっている学校だけあ

る。他に、ハガキを使っての飛行機作り、ビニールだこ、カンポックリ、わりばし射的、金魚すくい、ヨーヨー、綿菓子などが出てきた。紙飛行機などは子どもたちでできるが、綿菓子、ヨーヨーなどはちょっと難しい。

ダー先生は、平塚市の青年会議所を訪ねた。崇善小学校は、商店街にある学校なので、青年会議所のメンバーも崇善小学校の卒業生が多い。また、この年から、青年会議所でも、平塚の子どもたちに向けてのお祭りをやっていた。

「子どもたちが、自分たちで考えてお祭りをやろうというんです。ぜひ、子どもたちのお祭りをにぎやかにするために綿菓子のお店を出していただけませんか」

ダー先生の思っていたとおり、青年会議所の若者たちは、応援してくれることになった。次は、ヨーヨーだ。今では、ヨーヨーに水を入れながらふくらませる空気入れはどこにでもあるけれど、当時は、特別な人しか持っていなかった。七夕祭りに、ヨーヨーのお店を出しているお兄さんだ。これも、ＰＴＡ会長さんが話をつけてくれて、借りることができた。また、会長さんは、城島にある乗馬クラブの人に話をして、子どもたちを馬に乗せてグランド一周する楽しい乗馬体験コーナーもできることになった。

ダー先生は、ここで、茅ヶ崎の鶴峰高校の和田先生に連絡をとった。鶴峰高校もＪＲＣ

（青少年赤十字）に加盟していて、人形劇クラブを作っていろんな老人ホームの慰問などをしていた。

「空いている体育館がもったいないので、そこで、小学生のために人形劇をやってくれませんか。小学生と高校生との交流も生まれて、さらに楽しいお祭りになるでしょう」

和田先生は、二つ返事で協力を約束してくれた。

当日は、好天に恵まれて素晴らしい崇善祭りになった。

運動場の階段に並べられた古本やおもちゃのバザーに集まる子。朝礼台の前では、校庭一周の乗馬体験をしようと長い列ができ、体育館では鶴峰高校の楽しい人形劇。さらに、前の日に、トシ君ファミリー総出で手伝ってくれてできた二〇〇個のヨーヨー。みみずく園さん寄贈の金魚すくい。青年会議所の青年たちが出してくれた甘い綿菓子。そのほか、子どもたちが先生になって一緒に作ったり遊んだりするいろんなコーナーに子どもたちが楽しそうに参加していた。

ここまでやり遂げたトシ君たち児童会役員の子どもたち、それを支えたあすなろっ子たち六年の仲間たちの目は生き生きと輝いていた。

子どもたちの力はすごい。これだけの大きな行事を成功させる力を持っている。トシ君の発想を仲間のあすなろっ子や六年生が支えてくれた。動物園作りで培ったチームワークのおかげだ。そして、それを支えた先生や地域の人、ＰＴＡ、保護者の方々…これこそ学校と地域とが一体となった素晴らしい活動だ。これが、総合の時間のある現代ではなく、三十年前にできたということは、当時の崇善小学校の素晴らしいパワーだったとダー先生はつくづく思う。

「ありがとう先生。ありがとう地域のみなさん。そしてありがとうみんな」

トシ君の声である。そして、ダー先生も、

「ありがとう。みんな」

オーイ、太陽っ子

ダー先生が、最初のあすなろっ子を送り出し、次のあすなろっ子の五年生を受け持った四月に、日本赤十字社神奈川県支部の山本さんから突然の電話が来た。

「ＮＥＴ一〇チャンネルで、夏休みに『オーイ、太陽っ子』という番組が企画されている。これは、全国で活躍する青少年団体を紹介する番組で、ＪＲＣ（青少年赤十字）もそのひとつに入っている。本社に話があり、神奈川県支部が推薦されたので、原田さんの崇善小学校はどうかと思って電話したんだが…」

この話に、ダー先生はいったん躊躇した。この春卒業させた最初のあすなろっ子たちとはいろんな活動をしてきた。彼らなら、JRCの代表として恥ずかしくない番組になるのはまちがいないけれど、今の子たちはこの四月から持ったばかりで、まだ、JRCの活動も始まったばかりなので何もやっていないのと同じだ。

「二、三日、待っていただけますか」

と、即答を避け、翌日、子どもたちに話をした。

「NET一〇チャンネルの夏休みの番組に出演してもらえないかと依頼が来ているんだ。前の六年生ならすぐに受けるところだけど、君たちとはまだ始まったばかりで、大した活動をしていない。JRC(青少年赤十字)を代表しての出演だからいい加減な物ではだめだ。これから二か月ぐらいで何ができるだろうか」

あすなろっ子たちは、最初はとまどったが、この話に飛びついた。

「私たちが、テレビに出るんだって。僕たちが全国に放送されるってことか…」

大騒ぎになった。あすなろっ子たちは、毎日、校内のSHK放送が流しているいろんな番組を見ているし、出演したこともある子もいる。そのＳＨＫ放送で活躍しているメグとミユのアナウンサーもいる。しかし、今度のは学校放送ではなく、全国放送だ。

「大事なことは、テレビに出ることではなくて、テレビでＪＲＣの代表として活動していることを見せることなんだよ」

ダー先生は、念をおした。その後、子どもたちはいろいろ話し合って、

「老人ホームを訪問しよう。そこで、音楽や人形劇などをやっておじいさんたちに喜んでもらおう」

この子たちの活力なら何とかやれそうだと思ったダー先生は山本さんに了解の電話を入れた。

それから二か月間。カメラが教室に入ってきた。劇は子どもたちの創作劇だ。人形を作っているところ、せりふの練習風景、大道具、小道具作りの様子などをカメラは追っかける。もちろん授業も進めなくてはならないので、学校だけの時間では足りない。毎週土曜日にネギ君の家に集まって続きをやることになった。人形に合わせて洋服を作る女子のグループ。せりふ組は、ＳＨＫ放送のアナウンサーのメグやミユのチェックが入る。

「もっと、そこのところは早めにしゃべったら」

なかなかの演技指導だ。

背景を担当するミツルは、

「おれは絵が苦手だから塗る方に回るよ。どんどん回して」

と筆をなめなめ待っている。ダー先生がほとんど口を出さなくても、仕事は進行していった。

和気あいあいの中で、人形劇は完成した。

六月のある土曜日、ダー先生を先頭に、リヤカーに太鼓やアコーディオン、人形劇の道具などを積み込んで、老人ホームへと出発した。待ち受けたおじいさん、おばあさんを前に、あすなろっ子たちは、堂々と演じ、のびのび歌い、元気よく合奏をした。その後、おばあさんたちと七夕祭りを踊ってから、各部屋に分れて談笑した。素晴らしい一日だった。別れ際に涙を流す子もいた。その中にユーコもいた。ユーコは優しい子だった。ちょっと前におばあさんを亡くしていた。そのおばあさんへの思いと今日初めて会って話をして仲良くなったおばあさんとが重なったのかもしれない。

「おばあさん、また、絶対来るからね。それまで元気でいてね」

この二か月間、あすなろっ子たちは本当によく頑張った。クラス替えをしたばかりの五年生だったのに、もう二年も三年も一緒にやってきたようなチームワークが生まれた。放課後や土曜日も一緒に活動し、またよく遊んだ。ダー先生にとって一番嬉しいのは、最初はテレビに出られるからと単純に喜んでいた子どもたちが、カメラのことなど忘れて人形劇を通じておじいさん、おばあさんに本当に喜んでもらえるものにしようと真剣になって取り組むようになったことだ。

大きく成長したあすなろっ子の姿が、七月に全国放送された。ダー先生は、そのテレビを子どもたちと一緒に見ながら、これならJRC（青少年赤十字）の代表として恥ずかしくないものになったなとほっと胸をなで下ろした。

誕生プレゼント？

ダー先生は、最近変なことがあるなと思って、あすなろっ子の様子を観察していた。十月になってからだ。いつも休み時間になるとすっとんで遊びに行く元気な女の子たちが、何と教室で編み物を始めたのだ。

「どうしたんだトンコ。最近ちっとも遊ばないで編み物なんかして」

とトンコに話しかけても、にこにこ笑っていて話に乗ってこない。最初は三〜四人だったのがだんだん増えてきて、とうとう女子全員が編み物をやるようになってきた。

「ナオ、最近おかしいと思わないか。女子が全然遊びに出ないで、あみものばかりしているんだよ」

と、ナオ君に声をかけても、人気者のナオでも女の子の急な変わりようが分からないようだ。

「そうか、分かった。自分の誕生日が十一月十四日だからプレゼントを作ってくれてるんだ」

とダー先生は女子が笑って答えないのを自分へのプレゼントだと勝手に解釈した。

「それにしてもおかしいな。みんなが作るとずいぶん大きなものになるぞ。セーターかな」

ところが十一月になるにつれ、編み物はどんどん大きくなってくる。

「セーターにしては大きすぎるな。何を作る気なんだろう」

そうこうしているうちに誕生日がやってきた。朝、教室に行くと、机の上に毛糸の筆箱がひとつ置いてあった。ダー先生の勝手な予想ははずれた。しかも、ダー先生の誕生日を過ぎても女の子たちの編み物は止まらない。十二月になったある日、トンコやハナがやっ

老人ホームで

てきた。

「先生、クリスマス頃にまた老人ホームへ行きたいんですが」

「そうか、分かった。君たちが運動会の後から何か一生懸命作っていたのはこの日のためだったのか」

「そうなんです。この前、私たちがホームのおばあさんたちの部屋を訪ねて行った時、寒い日だったのにおばあさんたちはストーブもつけていないんです。おばあさん、こんなに寒いのにどうしてストーブをつけないんですかと聞いたら、石油がね、一日二リットルしかないのよ。だから、夜の本当に寒い時しかつけないようにしてるの、と寒そうに身体を小さくしていたでしょう」

「そこで、みんなで相談をして、今度行く時にストールを作って持っていってあげようと今までがんばっていたんです。やっと完成したのでお願いします」

子どもたちの「気づき、考え、実行する」はここまでできるようになったんだ。ダー先生はこの話に感動した。そして、すぐに老人ホームに連絡をした。

十二月のある日、子どもたちは再度老人ホームを訪問した。おばあさんやおじいさんは再会を喜んでくれた。そして、トンコたちがどうぞと差し出したストールに、

「こんないいものをありがとう。みなさんが作ったの。よくできてるわね。本当にありがとう」

子どもたちの思いがけないプレゼントに涙ぐむおばあさんもいた。ダー先生が他の部屋へと回っていくと、リコが廊下の隅で泣いている。

「どうしたんだい、リコ」

「先生、リコちゃんが文通していた小野のおじいさんが亡くなったの」

側に付き添っていたユーコも涙ぐんでいた。リコは最初に訪問した時に知り合った小野のおじいさんと何度も文通していた。最近、手紙の返事が来ないので心配していたら、やはり亡くなっていたのだ。ほかにも二人の人が亡くなっていた。来る時は、あんなに喜ん

でもらおうと張切ってやって来たのに、帰りはまるでお通夜のような静けさだった。

あすなろ塾

あすなろっ子たちは、どの子も素直にダー先生の投げかけに応えてがんばる子に育って行った。だが、どうしても算数にはつまずく子が出てくる。

「先生、この問題分からない」

ユーコは算数が苦手だ。ダー先生は自分も算数が苦手だったので、算数の苦手な子の気持ちが良く分かる。

「ユーコ、今はね、苦手な算数かもしれないけれど、大人になったら何てことないななんて思える時がくるんだよ。算数ができないからって生きていけない訳じゃないよ。ただ分かる方が便利なことが多いんだよ。ユーコにはユーコしかできないことがあると思うな。先生は、みんなの可能性を信じて先生をやっているんだよ」

四〇人近く子どもがいると、この子はここが分かってないんだな。ちょっとヘルプしてやればできるのになと思っても、授業中だけでは、どうしても救ってやる事ができなかった。かといって、休み時間は、放送の仕事などがあって見てやれない。放課後も、学校は会議、会議で、子どもとふれ合う時間はほとんど取れない。その頃は、今と違って、塾に行ってる子などほとんどいなかった。

「よし、週に一回でも塾を開いてあげよう。そして、みんなで教えあうんだ」

ダー先生の「気づき」が始まり、お母さんたちと相談をして、一軒のお家を放課後借りて勉強することにした。毎回、二〇人程の子どもたちが集まってくる。ヒロの部屋だけでは入りきれずに、廊下まではみだしている。

「誰か、算数を教えてよ。分数のやり方」

「私でいい」

「頼むよ」

「この字、なんて読むんだっけ?」

算数を友だちに教わる子、教える子。漢字の練習をしてる子、読書をしてる子。みんなそれぞれ違ってることを勉強しているのに、学校よりも真剣さが伝わる。教室とは違う場所で、しかも暗くなってから、また友だちと一緒に勉強するなんてめったにない体験だから、新鮮な気持ちになれるし、仲間意識が強くなるのだろう。毎週のこのあすなろ塾をみんな楽しみにするようになって来た。友だちは、いい先生だ。自分もつまずいたことがあるのでその子のつまずきがすぐに分かるのだろう。ダー先生が来れない時も友だち同士で和気あいあいで教えあっていた。

「みんなで伸びよう、あすなろっ子」

といつも、ダー先生が言っていることが、今、目の前で展開されていた。ダー先生はいい子どもたちを持って幸せな気分に浸っていた。

先生！　おぼれた～

横浜の竹山小学校に熱心に青少年赤十字（ＪＲＣ）の活動をされている先生がいた。その先生との話で互いに交流しようということになり、一回目は横浜の学校で交流会を持った。室内でいろんなゲームをしたり、校庭でドッジボールをしたりして遊んだ。二回目は、今度は平塚でやることにした。子どもたちは相談して、平塚は海が近いので海で遊ぼうということになった。

その日は朝からいい天気だった。海岸に出ると、子どもたちは波打ち際に走っていってキャアキャア遊び始めた。ダー先生はひと休みして竹山小の先生や付き添って来たお母さんと話をしていた。

その時、

「先生！　おぼれた〜」

と、ヒロコとケンが走って来た。ダー先生は、

「わっ」

と言って走り出した。大変なことになった。波打ち際まで走ると子どもたちが騒いでいる。その指差す先に小さな女の子が波にさらわれて沖の方に流されている。

「良かった。あすなろっ子じゃなくて」

と思ったのは一瞬だった。次の瞬間には、靴を脱ぎ飛ばすと、服のまま海に飛び込んでいた。ダー先生は泳ぎは得意ではなかった。平泳ぎでやっと五〇メートル泳げるぐらいしかできなかった。でも、そんなことは忘れていた。ただ、赤十字の救急法の講習会で、

「溺れる人はわらをもつかむ。絶対にしがみつかれないように、頭の方に回りこむこと」

と習ったことを思い出していた。二十メートル程の所で女の子に追いついた。その子は仰向けになっていて、手を細かく動かしていた。これが幸いしていた。ちょうど背泳ぎの

ような状態になっていたのだ。身体は完全に浮いていた。水も飲んでいない。

　ダー先生は、その子の頭の方に回りこみ、頭を押した。女の子の身体はツーと水の上を滑って岸の方に近づいた。二〜三度、それをくり返すうちに、ダー先生の体力は限界になって来た。このままでは自分もおぼれる。ダー先生は、必死に立ち泳ぎをしながら、岸のあすなろっ子に向かってどなった。

「誰か、誰か、大人の人を呼ぶんだ」

　子どもたちのすぐ隣で釣り人が何人も釣りをしていた。でも、誰も助けに入ってくれる様子がない。そのうち、海岸でバーベキューをしていた若者たちが飛び込んで来た。ところが、彼らも酒を飲んでいたので、うまく泳げない。

「こうするんだ！」

　とダー先生は女の子の頭を押した。「分かった」と先頭の若者がそれをまねをした。そして、次の若者にと女の子はリレーされていくのが見えた。もうこれで女の子は助かる。ホッとしたと思ったら、自分の体力が限界に来ていた。

「もうだめだ。自分もおぼれてしまう」

　この時ふっと娘の小百合の顔が頭に浮かんだ。そのおぼれてた子はちょうど小百合ぐらいの年だった。

「パパ、死なないで」

無心に声をかける小百合の声が聞こえた。その小百合の声が力になった。

「そうだ。絶対に死ぬ訳にはいかない。慌てちゃダメだ」

ダー先生はゆっくり力を抜いて一回潜った。そしてそっと浮き上がるとしばらく仰向けに浮いていた。しばらくしたら力がわいてくるのが自分でも分かった。もう大丈夫だ。あすなろっ子たちが心配そうに見守っている岸に向かってゆっくり泳いでいった。助かった。すぐに女の子のところに走って行った。さかさまにしておなかを押した。女の子はまるで鯨のように水をプーと吹き出した。これでこの子も助かる。ほっとしたところに、その子の父親がかけつけて来た。その父親は、バーベキューをやっていたグループの一人だった。女の子を見た途端、信じられないことが起こった。何とその父親は、

「大丈夫か」

といって、女の子を抱きしめるかと思ったら、

「バカヤロウ」と女の子を殴ったのだ。そして、ダー先生にありがとうも言わずに無理矢理手を引っ張って連れていってしまった。さすがに、仲間たちもびっくりしたのだろう。

「すみません。ありがとうございました」

と数人の若者がお礼を言いに来たが、ダー先生は疲れ果てて、しばらく砂の上に横になっていたので、そんな父親を叱る元気もなかった。とんだ竹山小学校との交流会になってしまったが、青少年赤十字の加盟校同士の交流会で起こったハプニングで、赤十字の救急法で学んだ知識が自分を救い、おぼれた少女を救うことができたのも、何かの縁かもしれないとダー先生は思った。

家に帰ると、何も知らない小百合が、

「パパ、お帰り」

といつものように飛びついて来た。そんな小百合をいつもよりきつく抱きしめていた。

「パパどうしたの。いたいよ～」

お前のお陰で命が助かったんだよ。その可愛い笑顔で。ありがとう、小百合……。


先生のクラスはいい子がそろっていますね!!

「先生のクラスはいい子がそろっていていいですね」

よく学年の先生に言われる。

「ええありがとうございます。お陰さまでいい子が多くて…」

といつも答えながらダー先生は複雑な気持ちになる。確かにダー先生のクラスのあすなろっ子は明るくて素直でがんばる子が多い。それは胸を張って自慢できる。でも、前の学年の先生達がいろいろ考えてクラス編成をしてくれているのだ。スタートの段階は同じはずだ。それが、一学期も経たない内にまとまりのあるいいクラスになってくる。

ダー先生は、四月初めに担任発表が内示されると、始業式の日までに全員の子どもの名前を覚えるようにしている。普段から廊下で会ったり、遊んだりしている時に他の学年の子にも声をかけているので四分の一くらいの子の名前と顔は一致する。最初の一週間、時間を見つけては子どもたちと遊ぶ。今の子ども達は集団遊びの楽しさを知らない。できるのはドッジボールぐらいだ。そこでいろんな楽しい集団遊びを教える。一番簡単なのはバキ戦だ。これは騎馬戦を反対にしたネーミングで子ども達が考えたものだ。赤と白に分かれて帽子を取りっこする。帽子を取られたら捕虜になって相手の陣地に連れて行かれる。でも、仲間がタッチしてくれたら助かる。単純なゲームで男女差もないので、男女入り交じって夢中に遊ぶ。ダー先生も一緒に遊びながら残りの子の名前と顔を覚える。大抵二～三日で覚える。次に子ども達に提案する。

「先生の名前は原田だけど、原田先生と言われるのはあまり好きじゃないんだ。ダー先生の方が先生は気に入っているし、みんなも呼びやすいだろう。それから、最近の先生は、男の子でも女の子でも姓に「さん」をつけて呼ぶことが多いけれど、先生はみんなのことをファーストネームか愛称で呼びたいんだ。「…さん」と呼ぶと、いつまでも距離が離れていて同じ仲間、同じファミリーという感じがしないだろう。ダー先生のクラスはひとつの家族にしたいんだ。君たちはお父さんやお母さんといる時間よりも先生といる時間の方がずっと長いんだよ。先生は、ダーパパ、ダーママになる。君たちあすなろっ子はみんな兄弟姉妹だ。四月三日生まれのケイ君が一番のお兄ちゃんで三月二十五日生まれのアンナが一番下の妹になることになるかな」

こうやってあすなろっ子一人一人が、自分をこう呼んでほしいと自己紹介をする。これで男女関係なく気軽に声をかけられるようになる。

次にあすなろの歌を教える。

「一　あすなろ　あすなろ　明日はなろう　お山の誰でも負けぬほど　ふもとの村でも見えるような大きなひのきに明日はなろう。

二　あすなろ　あすなろ　明日はなろう　峠をこえる人たちの夏は日陰になるような大きなひのきに明日はなろう。
三　あすなろ　あすなろ　明日はなろう　いろんな小鳥が飛んできて楽しい歌の巣をかける　大きなひのきに明日はなろう。
四　あすなろ　あすなろ　明日はなろう　雨にも風にも負けないでぐんと空まで届くような大きなひのきに明日はなろう。

先生はこの歌が大好きなんだ。みんなにこのあすなろの木のようになってほしいな。君たちはまだ子どもだ。到らぬことがいっぱいある。そこでいっぱい勉強して、いっぱいいろんな事を体験して、辛いことがあっても、明日はひのきになろうとがんばる子になってほしいな。それから、人のために何かできる子になろう。校庭や廊下にゴミが落ちていたら、そっと拾ってゴミ箱に捨てたり、転んで泣いている一年生がいたら保健室に連れて行ってあげたり、友達が困っていたらやさしく声をかけてあげるそんなやさしい子になってほしいな。このクラスは四年一組だけど、あすなろクラスと呼ぼう。そして、君たちはあすなろっ子だ」

そして、先輩のあすなろっ子ががんばってきた姿を折りにふれてしていく。みんな先輩に負けないようにがんばる子になっていく。

平塚の学校では、五年生になると伊勢原にある大山登山をする学校が多い。途中までバスで行って頂上（一二四八メートル）まで登る。最近の子は車に乗る機会が多くて、山になんて登った経験のある子は少ない。辛いことを嫌う風潮もある。体力も落ちている。そこで、ダー先生は提案する。

「先輩達は次の事をがんばったけどみんなもやってみるかい。先生もゴルフが好きだけど、ゴルフの好きな人はゴルフを三回楽しむんだよ。行く一週間前からクラブを出して毎日きれいに磨きながら、よしこのコースはこう攻めていこうなんて作戦を考える。当日はもちろん楽しいよね。終わって帰ってきたら、あのホールの攻め方はまちがっていたな。よしこの次はこう攻めてみようと反省をする。ゴルフは高いスポーツだけど三回も楽しめたことになるね。君たちも大山登山を三回楽しもう。明日からリュックサックに三キロ分のお米でも砂でもいいから入れておいで。そして、朝時間や休み時間に一階から四階まで階段を上るんだ。大山の頂上までの表を作ってあるからがんばった分を塗っていこう。一か月で何人の子が頂上まで登るか楽しみだな」

みんなこの提案に乗ってくる。そして、翌日から汗びっしょりになりながら一階から四階までの階段を上って行く。他の学年やクラスの子が何事かとけげんな顔をする中で、あすなろっ子たちは励ましあい、声をかけあいながら仲良しの友達とがんばり通す。一か月しないうちに殆どの子が目標を達成してしまう。牛乳での乾杯とあすなろタイムが待っている。あすなろっ子たちは、自分から進んで学習するようになるので理解が速い。七時間でやる予定を六時間で終わったりする。その時間をみんなで何かを達成した時に一時間楽しく遊ぶ。最高に楽しい時間だ。

大山登山の当日は、もちろん一人の落伍者もなく、すいすい登っていく。そして頂上に着いた時の喜び。

「先生、私たちはこの頂上に二度登ったんだよね」

「そうだよ。すごいことだよね。他のクラスの子が遊んでいる時でもみんなでがんばり通したから今日はすいすい登れたんだよ。今日は、麦茶で乾杯だ」

「かんぱ〜い！」

家に帰って夕飯を食べながら、その日の楽しかったことを話す。こうやって、あすなろっ子は、三度楽しむゴルファーの心境になっていく。

ダー先生の故郷大分までかけぬこう！

毎年の運動会の時もそうだ。

「運動会まであとちょうど一か月。今年も学級対抗リレーで優勝しよう」

「オー」

「そのためには、毎日走って足を慣らすことが大事だよ。ダー先生の故郷は九州の大分だ。君たちが一人一日一キロメートルかけたとすると三〇キロ。みんなで大分までの九〇〇キロを駅伝でかけぬけることになる。九〇〇キロかけぬけたら先生の家で焼肉パーティーだ」

こうやって、休み時間にあすなろっ子はかけ通す。走るのが得意な子は九〇キロも走る。夕方や夜に家族で走る姿も見られる。あすなろっ子だけでなく家族みんなも巻き込んでいくので当日の応援もものすごい。タイガースの応援みたいだ。自分達がやり通した自信を持って走るあすなろっ子達は強い。毎年のように優勝だ。

ダー先生は、いつも子ども達に目標を持たす時に、短期間に絞る。子ども達が達成しやすいように、飽きないようにするためだ。また、個人目標も持たせるがみんなで励ましあい、支えあってやれるような目標にしていく。個々の目標がみんなの目標となっていき、みんながひとつになっていく。こうなったときの子どもの力はすごい。そして、ダー先生のクラスになってよかった。あすなろっ子になれてよかったという所属意識、仲間意識が育ってくる。

「先生のクラスはいい子が多くていいですね」

みんながんばっているんですよ…。

ディズニーランド（ほら話が本当に！）

「みんなが、一学期で本をひとり三〇冊、クラスのみんなで千冊。それに、漢字小テストで全員が九〇点をとったら、ディズニーランドに連れて行ってやるのにな〜」

五年生の一学期に金目小学校のあすなろっ子達に話をした。この頃の子ども達の読書離れは目をおおうほどだった。賢く考える子にするには読書は欠かせない。また、心を育てるのにも大きな役割を果たす。漢字も書かない、使わないようになってきていた。何とかゲーム感覚で漢字に親しませたいという願いからだ。この頃は、まだ東京ディズニーランドはなかった。ここでいうディズニーランドは、アメリカのディズニーランドだ。

「ダー先生、そんなとても無理だよ。ディズニーランドなんて」

一斉にみんなの声があがった。

「無理だと思うだろう。もちろん先生にそんなお金はないよ。宝くじが当たらない限りはね。でもね、頭を使えば簡単にできるかもしれないよ。

みんなではちまきをして、たすきをかけ、『ディズニーランドに行くぞ』とか『ディズニーランドめざして』とかできるだけ目立つように書いたのぼりを立て、手に手にハッポースチロールの空き箱を持ち、リヤカーにも箱を積み上げ、大きな声で歌を歌ったり、奇声を発したりしながら商店街や駅前通りを通っていくんだ」

「そんなことして、どうしてディズニーランドに行くことができるの？」

「君たちの様子を見た町の人たちは、何事が起こったのかといぶかしげに思って、『何をしにどこへ行くの？』と聞いてくるよね。そうしたら、みんな大真面目に答えるんだ。『私たちは、ディズニーランドに行くために、これから平塚海岸に行っていかだ舟をつくるんです』と。当然、町の人たちは驚きあきれるだろうね。でも、こんなクレージーな先生とそれに連れられた大真面目な子ども達を見て、みんな心配をし、またおもしろがってついてくる人がいるかもしれない。そんな中に新聞社やテレビ局の人で記事を探している人がいるかもしれない。その人が本局に電話を入れる。

『課長、クレージーな先生と子ども達が、ハッポースチロールでいかだ舟を作ってアメリカに向かって出発すると言っているのですがどうしましょう?』

『変な連中だな。でも最近おもしろい話題がないから取材してこい』

ということになる。さて、君たちは、平塚海岸に着いて真剣に舟作りに取り組む。できるだけ大きないかだを作るんだ。いかだは完成した。それにみんなが乗り組む。テレビの実況中継が入る。

『今、子ども達は大きないかだを完成させました。それを海に浮かべました。見事に浮かびました。子ども達から歓声の声があがっています。いよいよ舟に乗り組むようです。さあ、この舟に何人の子どもが乗れるんでしょう。一人が乗りました。二人が乗りました。三人、四人と乗りました。その度に、子ども達からも野次馬の大人達からも拍手と声援が飛びます。十人乗り込んだところで、もうこれ以上は無理なようです。おや、十人だけで出発するようです』」

「先生、そんなことしたってアメリカまで行けるわけがないじゃない」

「もちろんさ。いいんだよ。数メートルだけでも行ければ…。実況は続きます。『十人だけで乗った舟は、動きだしました。おや、先生は、漁船に乗って伴走するようです。頑張れ頑張れの声が、岸の子どもや大人達から上がっています。アアッあぶない。十メートルほど行ったところで舟はやっぱり沈みました。子ども達は、漁船に助けあげられています。おや、どう言う訳か子ども達の顔はニコニコしています。クレージーな先生と子ども達のあまりにも無謀な計画は見事に失敗に終わりました』」

「やっぱりダメじゃない。ディズニーランドにいけなかったじゃない」

「いいや、これでいいんだよ。今はね。国際情報社会だよ。この放送がテレビで流される。それをアメリカのディズニーランドの社員が見て、社長に報告をする。社長は、それほどまでしてもディズニーランドに来たいというのは素晴らしい宣伝になる。すぐにその子たちを招待しなさい。ということになる」

「何だ。先生のほら話じゃないか」

ダー先生の話は、全くのほら話だった。でも、ニコニコ顔でこの話を聞いていた子ども達は、今までと違って見違えるように漢字をがんばり、本を読み始めた。読書は、一学期で八〇〇冊までいったが、漢字は合格しない子が何人かいた。でも、みんな漢字テストの日を楽しみにするようになってきた。ダー先生の思うつぼになってきた。そして、とうとう二学期に読書千冊。漢字テスト全員合格を達成した。みんな大喜びで牛乳で乾杯した。

さあ、困ったのはダー先生だ。ディズニーランドは当然無理なので、野毛山動物園にでも連れて行ってあげたいと懇談会でお母さん達に相談をした。ところが、数人のお母さんから反対の声が上がった。

「先生、この一年間、子ども達のがんばりはすごかった。やっぱりディズニーランドに連れて行ってやりましょう」

「えっ、ディズニーランドに？」

幸運なことに、この年、東京ディズニーランドがオープンすることになったのだ。何とディズニーランドの方が、向こうから日本にやってきてくれたのだ。ダー先生のほら話は、やはり実現することになった。開園を待って、六年生の開校記念日の日に、親子でバスをチャーターして、ディズニーランドの一日を楽しんだ。

このほら話は、代々のあすなろっ子にしていった。みんな大笑いをし、大喜びをし、先輩のあすなろっ子に負けないようにがんばっていった。

小学生からボランティア

ダー先生とあすなろっ子たちは小学生の頃からいろんなボランティア活動に取り組んできた。ダー先生が橋本祐子先生から教わったことは、

「今に、大きくなったらボランティア精神を持った子になろうね」

ではなく、

「今、小学生なら小学生なりにできることを、今やろう」

だった。「今に」を「今」にだ。ちびっこ動物園作りも崇善祭も「今できることは」の実践だった。

あすなろ募金

青少年赤十字では、一円玉募金というのを奨励している。机の片隅に眠っている一円玉。買い物で出たおつりの一円玉。そんな一円玉も集めればちりも積もって山となる。そんなお金を海外の恵まれない子どもたちに送ろう。ダー先生もあすなろっ子たちに一円玉募金を勧めた。そんな時、必ず赤十字やユニセフの映画を見せて、海外の恵まれない環境の中で精一杯生きている子どもたちの様子を学習した。子どもたちが一番感動し、心を動かされたのは、ユニセフの、

『私たちをわすれないで』

という映画だ。四年生ぐらいの少女が戦争で両親をなくし、難民キャンプで子守や買い物などをして小銭をもらって生活していた。自分が生きるのにやっとなのに、道ばたに捨てられた小さい子を放っておけずにお母さん代わりになって面倒を見るようになる。見ていてやるせなくなるが、その分、子どもに与えるインパクトが強い。その少女が映画の最後に、

「私たちをわすれないで」と笑顔で話しかける。

この映画を見たアキラ君は、「今自分にできる募金」はと考え、次のようなことを実践した。アキラ君は週に二回バスでスイミングに通っていた。駅からバスに乗ると自分の降りるひとつ手前で料金が一〇円高くなる。そこで彼はひとつ手前のバス停で降りて、払わずにすんだ一〇円玉をあすなろ募金に入れた。往復で二十円になる。天気が良かったり、元気がいい時は、何と駅から歩き通したそうだ。卒業式の二日前彼がにこにこしてコーヒーのびんに集めたあすなろ募金を差し出した。何と八四八四円も入っていた。ダー先生は本当に嬉しかった。

お母さんからお金をもらうのではなく、自分で苦労して稼いだお金を募金する。しかも二年間もかけてだ。彼はいつも歩きながら、あの少女のことを考えていたのかもしれない。

「忘れないで」「忘れていないよ」と。

野菜募金

山下小のあすなろっ子はクラスのツユ君の家から畑を借りて、さつまいもやナス、キューリ、ピーマン、インゲンマメ、トマトなどを育てていた。採れた野菜は家に持って帰ってお母さんに買ってもらい、あすなろ募金に入れていた。七月になってどんどん野菜が採れるようになってきた。そのうち女の子が道行くおばさんに、
「野菜は如何ですか。採れたての野菜です。農薬は入っていません」

と声をかけたら、五百円程売れた。それからみんなで代わる代わる売り子になって野菜を販売し始めた。Aコープの近くだったので、Aコープの野菜の値段を調べてきてそれよりも安く売った。

「安いよ。安いよ。Aコープよりも安いよ。そこのお母さんいかがですか？」

「無農薬ですよ。今採れたてのナスで～す」

こうやって毎日、夕方五時に誰か来れる子が来て野菜の世話をしながら売っていた。顧客も増えてきた。

「今日は、ナスはないの？」

「すみません。ちょっと前に売り切れたんです。インゲンはいかがですか？」

「なかなか商売が上手だね。じゃあ、もらおうかしら」

「ありがとうございます。このお金は赤十字に募金するんです」

「偉いわね。じゃあ、おつりはいらないわ」

「わー、ありがとうございます」

毎日、こんな会話が続いた。そして夏休みが終わるまでに集まった募金は三万八千円にもなった。自分たちで耕し、世話をして育てた野菜を売って稼いだ貴重な募金だ。さつまいもは秋に収穫し、「旭ふれあいフェスティバル」でお店を出し、女の子たちが作ったアクセサリーや水飴などと並べて販売した。これも一万五千円もの募金になった。ツユのお父さん、あすなろっ子たちにこんな楽しい体験の機会を与えてくれてありがとう。

古切手集め

日本キリスト教海外医療協力会からネパールに派遣された岩村昇先生が、医療器具や薬の少ないネパールの子どもたちを救うために全国の子どもたちに「古切手の収集活動」を呼びかけたのが始まりだ。この岩村先生とキリスト教医療海外協力会の活躍は、「ネパールに輝く」という題名で国語の教科書でも取り上げられ、全国に広がって行った。青少年赤十字でもこの古切手集めを活動の中に取り上げ、協力していた。

ダー先生は橋本先生の紹介で岩村先生にも会ったことがあり、その温厚な人柄と信念の強さに触れ、あすなろっ子たちと熱心に活動してきた。神田小学校でもこの古切手運動に取り組んでいたが、子どもたちの家庭から集めるだけでは限りがある。そこにアイやエリコたちの「気づき考え実行する」が始まった。アイたちは収集箱を作り、近くのお店や銀行に置かせてもらうことを考えた。お願いに上がると、お店も銀行も気持ちよく置かせてくれた。最初は、三~四軒だったが、他のあすなろっ子も、

「僕たちも協力するよ」

と応援し始め、二〇軒程のお店や事務所に収集箱を置かせてもらった。毎週、あすなろっ子たちが集めに行くとどんどん集まりだし、月に一万枚も集まる程になってきた。この活動は、その後も次のあすなろっ子へと引き継がれ、六年間、ダー先生が神田小学校を去るまで継続された。

……私たちは学校近くのパールライスや岡山運送、井上工業、Aコープに古切手を集めにいっています。どこの会社も協力的で、私たちが行くと、袋に入れてくれます。二週間に一度で千枚以上集まります。古切手以外にロータスクーポンやベルマークとかも集めてく

れるのでとてもうれしいし、みんなやさしいです。

「何に使うの?」

「これどうするの?」と聞かれ、私たちが、

「世界中の恵まれない子どもたちの薬などを買うために使われます」

と答えると、

「えらいね。たくさん集まるといいね」

と言ってくれます。最初は二週間に一度行くのはめんどうだなと思ったこともありましたが、実際続けて行くと、みんなやさしく協力的で、人のためになるからだんだん楽しくなってきて、週ごとに増えて行く切手の枚数を数えるのが楽しみになってきました。……

安西恵梨子

いろんな人の優しさに触れ、あすなろっ子たちはぐんぐん成長していった。

お〜い、あきかん集めに行くぞ〜

……「お〜い。みんな〜。今日来れる人、学校に集まれ。あきかん集めに行くぞ」

と誰かが言った。私たちは、
「あたし行けるー。ぼくも行けるよー」
と答えた。放課後、たくさんの人が集まった。軍手をして、ビニール袋を持って、リヤカーを引っ張って、道路の脇や相模川、ガソリンスタンド、いろんな工場へ集めに行った。その日はとても暑くて汗びっしょりになりながら、二時間ぐらい歩いた。でも、全然疲れない。学校へ戻ってかんをつぶした。スチールかんはハンマーで、アルミかんは足で踏んで。それを別々の袋につめて積み重ね、古尾谷商事に運んだ。あんなにいっぱい集めたのにたったの二千円。でも、これで百人ぐらいの子どもの命が救えたことになる。だから、私は空きかん集めが大好きだ。

その後、先生がアイスをごちそうしてくれた。でも、アイスを食べながら考えた。落ちている空きかんがたくさんあるってことは、みんなが空きかんを捨てているということだ。私たちはたくさん集まってうれしいけれど、これはおかしいことだ。私たちの平塚を、私たちの地球をもっともっときれいにしなくては……。

根本望実

あすなろっ子たちは、あきかんを集めながらその矛盾にも気づいて行く。彼らは大人になってもポイ捨てをする人には絶対ならないだろう。また、そうであってほしい。

地球を守るのはケナフと私たち

今から七年前のある日、あすなろっ子のケイ君のお母さんがケナフの種を持ってきた。

「先生、ケナフって知ってますか?」

ダー先生は、恥ずかしいことだが、この時までケナフのことは全然知らなかった。

「何ですか、ケナフって?」

「草なんですが、半年で三〜四メートルにもなって、紙が作れるんですよ」

「へー、紙が作れるんですか。おもしろそうですね。早速あすなろっ子たちと挑戦してみましょう」

ここからケナフ作りが始まった。最初の年はたった八粒の種からで六本育った。その六本からたくさんの種が採れ、翌年は百本ものケナフが育った。その間、試行錯誤の連続だったが、神奈川大学の釜野徳明先生の研究室を訪ね、いろいろ教わりながら、少しずつケナフ栽培にも慣れてきた。そんなある日、

「先生、今朝のテレビでケナフの花で草木染めができるってやってたよ。私たちもやってみたい」

とユカが飛び込んできて言った。

「草木染めか、おもしろそうだね。でも先生は草木染めはやったことがないからなあ。誰か知ってる人はいないかな〜。そうだ。『麦の家』でやってるぞ〜。行って聞いてみよう」

作業所「麦の家」は先輩のあすなろっ子のお母さんがやっていた。でも、麦の家でもケナフはやったことがないという。ところが、ダー先生が相談してから、麦の家では試行錯誤しながら、ケナフの草木染めを成功させた。淡い緑色に染まる草木染めは珍しいそうだ。それが、平塚市でも評判になって産業展などでもこのケナフの草木染めを買ってくれる人が増えたそうだ。麦の家に連絡してよかったな〜。ダー先生はうれしくなった。

……私たち山下小学校では、今、地球にやさしい『ケナフ』という植物を育てています。

ケナフは草なのに紙を作ることができます。種がたくさん採れるので、どんどん増やせて、森林を切ることなく紙を作れます。もし森林をこのまま切り続けたら大変なことになります。木がなければ虫もいない。虫がいなければ鳥も来ない。鳥がいなければ動物もいなくなり、タヌキでさえ天然記念物になってしまいます。

また、現在、熱帯雨林の木がたくさん切られていますが、熱帯雨林ではたくさんの酸素が作られています。その木が切られるということは、地球上の酸素がなくなり、人間や動物が住めない環境になってしまいます。そこで、ケナフを使えば、木を切ることが減り、酸素がなくなるのを防ぐことができます。

ケナフで、地球温暖化を防ぐことができます。木をたくさん切ると二酸化炭素を吸ってくれないので、地球が二酸化炭素でいっぱいになります。そうすると、地球の周りに温かい層ができて、北極の氷がとけ出し、地球が水であふれてしまいます。ケナフは木よりもたくさんの二酸化炭素を吸って酸素を吐いてくれるのです。

また、森林には水を貯える大切な役目があります。木の根っこは土や石を抱きかかえています。木を切ると、土や石を固定しているものがないので、大雨が降ったら土砂くずれが起きて大きな被害が出ます。できるだけ木を切らないようにしなくてはなりません。

私たちは、五年生の頃からケナフに関わってきました。そのため、ケナフのビデオを作りたいというテレビ局と協力して一本のビデオができました。ケナフの種まきから成長するまでを観察し、ハガキ作りまでの過程が収録されています。

ケナフのハガキ作りでは、くきを細かくするのに苦労しました。パルプにするのにカセイソーダを使って煮ましたが、これでは川の生き物を傷つけることになるので、神奈川大学の釜野先生に、長い時間煮る方法を教わりました。

また、ケナフの花でハガキに色づけをしました。「麦の家」のお母さんに教わりました。黄色と緑色の汁で色をつけましたが、とてもきれいに仕上がりました。

私は、ケナフでハガキを作りながら、一枚のハガキを作るのにこんなに手間がかかるのかと思いました。私は、これまで紙をむだに使っていましたが、このケナフ作りをしてからは、紙を大事にするようになりました。今、私たちにできることは、紙を大切に使うことではないでしょうか。再生紙を使うとか、ノートはなるべくすき間なく使うとか、とにかく紙をむだなく大事に使うことが大切なんだとケナフ作りをしながら思いました。……

市川理絵

ダー先生とあすなろっ子がケナフの栽培に取り組んだ翌年から、平塚市では産業推進課が中心になって休耕田対策にこのケナフの栽培を奨励し始めた。そして、新聞社やテレビ局も取材に訪れ、そのいくつかが山下小学校にもやってきた。あすなろっ子たちは、ケナフの紙すきが大好きだった。青少年赤十字の県の大会などでもみんなに紙すきを紹介して

ケナフの花／絵・曽我彩夏

きた。炭づくりにも挑戦した。

そんなあすなろっ子たちの活動の様子が、紀伊国屋書店から「紙は生きているケナフ」というビデオとなって販売された。また、光村図書の五年生の社会科の教科書にも掲載された。

「ケナフって知ってますか」

から始まって四年経っていた。ダー先生は今年も四年生の子どもたちとケナフを育てている。

「先輩のあすなろっ子に負けない五メートルのケナフを作ろう」と。

山下小の花ボラ

ダー先生はオランダですっかり花の美しさに惹かれてしまった。オランダではどこの家でも玄関の前に小さな花壇があり、その花壇に一年中花の絶えることがなかった。それぞれの家で木靴に花を差していたり、こわれたボートや荷車などを花で飾ったりしていた。オランダから帰ってきて何とか学校を花いっぱいにしよう、花の好きな子どもたちを増やそうと取り組んできた。日曜日はいつも花の世話をした。家で種をまき、苗を育て、学校の花壇に植えかえた。園芸委員会の子どもたちともがんばってやったが限界がある。

「そうだ。自分のように花の好きなお母さんや地域の人がいっぱいいるはずだ。そんなお母さんに学校の花壇の世話を頼んだら、喜んでやってくれる人がいるんじゃないか」

そう考え、全校に呼びかけた。

「花の好きな人はいませんか。学校の花壇の世話をしてくれる人はいませんか。お家で種をまき、苗が大きくなったら学校に寄付してくれませんか。休み中の水やりだけでも手伝って下さると助かります」

この呼びかけに、どのくらい集まってくれるか、五人かな、一〇人かなと思っていたら、二十人もの人が応えてくれた。こうして山下小学校の花ボラはスタートした。今年で三年目になるが、毎年二十人を超える人の協力がある。お母さん、おばあさん、それに卒業生のお母さん。ダー先生と園芸委員会の子どもたちでは手がまわらなかったところにも花壇ができ、いつもきれいな花が咲くようになってきた。

児童会でも花いっぱいの学校にしようと取り組んできた。平塚市の緑化標語やポスターに応募すると参加賞としてチューリップの球根が二つもらえる。全校で取り組むと千個もの球根にもなる。

「チューリップの球根を学校花壇に寄付して下さい」

と呼びかけると、五百個～七百個は集まる。卒業式から入学式にかけての花壇は見事だ。五百本のチューリップ、千本のパンジー、菜の花、ノースポール、ペチュニア、デージー、キンセンカなどが咲き誇っている。

時々、近所のおばあさんたちが、

「きれいな花ですね。ちょっと見せて下さい」

と声をかけてくるようになってきた。新しくよその学校から来た先生たちからも、

「花がいっぱいできれいな学校ですね」

との声が聞かれると、花ボラのお母さんたちの苦労も報われる。よく遠足の時にバスガイドさんから、

「あなたの学校の自慢できることは何ですか?」

と聞かれることがある。そんな時に、

「僕たちの学校にはクジャクがいます。私たちの学校にはホタルの池があります。私たちの学校はアスレチックがあります。僕たちの学校は音楽の盛んな学校です。……」

と答えられるような学校。そんな学校をこれからは作って行かなければならないのではないか。山下小学校で、

「私たちの学校は花がいっぱいできれいな学校です」

と自慢できる日がずっと続いてほしいな、自分がいなくなっても花ボラが続いていってくれたらな…これがダー先生の願いである。

ダー先生南の島へ

永住の地を探す旅

ダー先生はレバノンやオランダでの海外生活で日々いろんな人やもの、出来事に出会い、日本での生活に物足りなさを感じていた。それは特に人との触れ合いでだ。海外ではアリさん、マルセル、ウイルなど親しい友人ができた。ところが、日本では、共に働く仲間はいても学校が変わるとそれで終わりで、親しい仲間まで行かない。あすなろっ子と一緒にいるうちはいいが、学校の先生を辞めたら、隣近所とはほとんど交際もないのでつまらない余生を過ごすことになる。一回しかない人生なのにそんな人生は送りたくない。自分には、海外の方が合っている。海外で子どもと触れ合った生活を見つけて行こうと数年前から夏休みを利用して永住の地を探す旅に出かけることにした。

自分にとっての永住の地はどんな所がいいのか。まず親しみやすい人情がある地。今までの自分の教師としての経験やボランティア活動の経験が生かされる場がある地。しかも年金でゆったり生活ができる地。できたらきれいな海のある地…そう考えてくると微笑みの国タイやインドネシアとか東南アジアがまず候補に上がってくる。日本語教室のケイコの故郷ペルーやカルーラたちの故郷ボリビアもいいかもしれないが、まずはアジアから歩いてみることにした。インドネシア、タイ、マレーシア、シンガポールを回った。どこもそれぞれ良いところがあったが、ロングステイと違って一週間ぐらいの旅行では、これといった土地を見つけることは難しい。

フィジーの子どもたち

この年はトルコのイスタンブールに行く予定だったが、帰りの航空券が取れないため、急きょフィジーに変更した。フィジーの国際空港ＮＡＤＩはとてものどかな飛行場だ。飛行場のすぐ側をサトウキビ列車が走っている。その日はＮＡＤＩに一泊して、次の日にビーチコマーアイランドというリゾートアイランドに行くことにした。真っ青な海、真っ白な珊瑚礁の島。浜には六～七人のフィジアンが歌で迎えてくれた。完全にリゾート化した島だ。

早速、青い海に飛び込む。岸から二～三メートルのところでも五〇～七〇ｃｍの大きな魚が寄ってくる。パンをやると百匹もの魚が集まってくる。スズメダイたちは顔のすぐ側まで寄ってくる。二日目、やっと念願のクマノミに対面した。パンをやると一〇匹ものクマノミが寄ってきて、さっとパンをくわえてイソギンチャクに逃げ込む。そしてまたすぐに寄ってくる。カクレクマノミのことを別名、道化師と呼ぶが、本当に道化師みたいでかわいい。

島の食事は三食つきでいずれもバイキングスタイルでおいしい。フルーツがふんだんに食べられるのも魅力だ。夜は、メケショーがあったり、カバ酒パーティがあったり、とにかく楽しめる。でも何かが物足りない。子どもがいないのだ。観光客ばかりで現地の人がいないのだ。どうも自分には子どものいない景色は物足りない。次のナナヌイラに期待する。

「ナナヌイラは自然の美しい島として名高い。緑の豊かさもさることながら、周りに広がるラグーンの素晴らしさには目を見張るものがある。ただ唯一のリゾートホテルを除けば、電気も水道もない」。ガイドブックにあるナナヌイラだ。この時期、フィジーでは東の方が天気が良くないというので心配していたら、ナナヌイラに近づくと雲も多く、青空が見られず、真っ白な砂浜も見られない。

フィジーの人たちは温かい笑顔で迎えてくれる…これがフィジーのキャッチフレーズだが、このホテルの受付嬢は無愛想で感じが悪い。イギリス人オーナーにも笑顔がない。青空が見られない上、無愛想な人たち…これでは旅の楽しさが半減してしまう。それを消してくれたのが、島の子どもたちと犬のハイディだ。

荷物を置くと早速島の散歩に出かけたが、驚いたことにオーナーの犬ハイディがついてくるではないか。

ダー先生は犬を飼ったことがないし、あまり好きな方とは言えない。それなのにどこまでもついてくる。他に客がいるのに目もくれない。

しばらくして島の少年が四人遊んでいるのに出会った。

「ブラ、写真を撮ってもいいかい」

「いいよ。後で送ってくれる?」

「ああ、いいよ。明日、住所を教えてよ。私の名前はハラダ、日本の小学校の先生だよ」

「ハラダセンセイ？」

「そうだよ。よくセンセイって知ってるね。明日、一緒に遊ぼうか？」

「いいよ」

子どもの笑顔に会えてやっとほっとする。

翌朝、外に出るとハイディが入り口に寝そべって待っていた。ダー先生たちが出かけると分かると、やはりどこまでもついてくる。子どもたちの所に遊びに行くとみんな待っていた。昨日会ったジャスコ（十三歳）ジム（一〇歳）ルイス（七歳）ヘレン（七歳の女の子）エレオナ（六歳の女の子）。ジャスコはいつもは対岸のラキラキにおじさんと住んでいる。今は二週間の夏休みでお母さんの所に帰ってきているのだ。ジムはいつもはシガトカに住んでいる。ジムの先生はインド人女性で夫は日本人だそうだ。だからセンセイという言葉も知っているし、「上を向いて歩こう」の歌も知っていた。

みんな島の子なのにシュノーケルも持っていないし、浮き輪もない。水着もない。それよりも何よりも泳げないのだ。海にはウニもいるし、危険もある。小さい子だけでは海には入れないそうだ。今日はセンセイと一緒だから特別らしい。みんな人なつっこい。昨日

ハラダセンセイ　マジックやって!!

までは全然知らなかった人なのに、今日はもう一〇年も前からの友達のようにダー先生とじゃれる。

「ハラダセンセイ、マジックやって」

マジックとは小石を手に隠してどちらの手に小石が入っているか当てる、たわいもないゲームだが、ヘレンとエレオナはこのマジックにはまった。

「こんなところに来ても先生がやめられないのね」

と妻に笑われるのだが、みんなかわいい。ヘレンやエレオナは一年生だというのに英語をしっかり話す。日本の英語教育の貧困さを今さらながら感じる。

途中から、ジャスコのお兄ちゃん、ルペニーも遊びに加わる。ルペニーは将来はコンピューター技師になりたいと願っている高校生。そのルペニーは遊びの途中で、

「センセイ、ちょっと子どもたちを頼む」

と言っていなくなる。何をしているのかと思ったら、まき割りをしたり、椰子の皮を集

めたりと家庭の仕事を手伝っていた。頼りになるお兄ちゃんだ。

今日は一日遊べるよ〜

翌日も終日みんなで遊んだ。

「ルペニー、今日は仕事はいいのかい？」

「今日は朝五時に起きてやることを全部終わらせたから、一日一緒に遊べるよ」

「やった〜」

かわいい十八歳だ。この日も散歩に行く。やはりハイディもついてくる。途中、ルペニーがココヤシの実から芽が出ているのを見つけると、歯で皮をむいて食べさせてくれた。中がスポンジのようになっていてほのかな甘さがあり、実においしかった。ところが、途中で運悪く何か月ぶりの雨が降り始めた。

「雨が降れば小川ができ、風が吹けば山ができる」

ダー先生は外国に出るとよくこの山賊の歌をみんなに教える。日赤の神奈川県支部の田島さんと小島さんがつくった歌だが、「あ〜め　アーメ　がふれば　ガフレバ…」

と追っかけっこで歌えるので、日本語が分からなくても歌える。ところが、雨はますますひどくなる。仕方なくダー先生のブレに逃げ込む。やることがないので暇つぶしに折り紙を教えたら、ジャスコもルペニーもすっかりはまって、二～三時間も折り続ける。

その夜はダー先生の最後の夜だ。小さい子を除いた五人が集まり、お別れパーティを開いた。パーティといっても、電気も水道もない離れ小島なのでお店などない。それでもホテルの売店で買ってきたクッキーと紅茶だけでも十分に盛り上がった。カードをやった。日本のババぬきだ。ところがふた組の色違いのカードを使っているのでババはすぐ分かる。それじゃつまらないだろうと思うのだが、彼らはキャーキャー言いながら楽しんでいる。一〇時を過ぎると自家発電の電気は消えた。ランプの明りの下でいつまでも笑い声は続いた。

別れを惜しむハイディと子どもたち

最後の日の朝、ドアを開けると、いつものようにハイディがドアの外で待っている。ここまではいつもと同じだが、ダー先生が身体をさすってやるとおなかを上に向けて無防備な格好で甘えてくる。ジャスコたちと海に入って泳ごうとするとハイディも一緒に入ってくる。深い所に行くとダー先生の膝の上に乗っかってきて絶対にダー先生から離れようとしない。今日が別れの日だとハイディにも分かるのだろうか。エレオナは、「サムーイ、サムーイ」と覚えたての日本語を連発。この日は気温が二五度くらいなのに島の子どもには寒いのだろう。

いよいよ別れの時が来た。子どもたちは浜辺に出てきてみんなで送ってくれた。ハイディも見送ってくれた。ナナヌイラの旅は天気も良くなかったし、ホテルの対応も無愛想で感じが悪かったけれど、島の子どもたちとの触れ合いができ、最高の旅になった。ありがとう、子どもたち。ありがとう、ハイディ。

何もなくて豊かな島カオハガン島へ

翌年はどこに行こうかと考えていたら、妻が『何もなくて豊かな島…南海の小島カオハガンに暮らす』(新潮文庫)という崎山克彦さんの本を買ってきた。フィリピンの南の島だ。「フィリピンか」

フィリピンも永住の候補地として考えられる所だ。英語が通じるという要素も大きい。平塚にもたくさんのフィリピンパブがあるし、学校の子どもの中にもフィリピン人がお母さんという子も見かける。他のアジアの国より一番身近かもしれない。ところがフィリピンというと何となくマイナスのイメージが強く、アジアで一番英語が通じるというメリットがあるのに後回しになっていた。ところが、崎山さんの本を読み進めて行くとだんだんのめり込んで行く。

「島に行くことの目的は何だろう。美しい南の島できれいな空気を吸い、風に吹かれて楽しい生活をしたい。確かにそれが正直な動機だ。しかし、それだけではいけない。これからの人生は長い。何か仕事をしていくことが必要だろう。生活のため、お金を得るための仕事ではなく、自分のやりたい仕事。今までの人生の経験でこれだけはやらなければならないと思った仕事。営利のビジネスでやらない仕事。未来に少しでも役に立つ仕事……」

この崎山さんの考えは自分の考えとぴったり一致する。崎山さんに会ってみたい。

「…カオハガンの子どもたちは、ほんとうに子どもらしい。無邪気で、シャイで、底抜けに明るくて、親切で、束縛や偏見がなく、とにかく楽しい。…島の子どもたちは、小さい時からよく家の手伝いをする。手伝いというよりも、日常の生活のための労働に組み込まれている感じだ。一番目立つのが子守りだ。遊んでいる時、半数以上の子どもが一、二、三歳の小さな子どもを抱いて面倒をみている。…遊び、家の仕事、学校を子どもたちは楽しそうにこなしていく。無限の喜びをもたらす広大な海、そして手つかずの自然が残るカオハガン島の環境は、子どもたちにとって大きな大きな遊び場であり、また勉強の場でもあるのだ。少なくとも子どもたちにとってはカオハガン島は理想の環境と言えると思うのだ」

ダー先生の教師の血が騒いだ。この子どもたちに会いたい。カオハガンを見てみたい。

こうして一九九九年夏に、カオハガン島を訪問した。カオハガン島は本当に小さい美しい島だった。早速、島の中を歩いていると、バスケットボールをやっている少年に会う。セリアコとジェシーだ。すぐ仲間に入って一緒に遊ぶ。小さい子たちも加わってきてゲームをして盛り上がる。その後、島を案内してくれた。一〇分もすると島を一周できる程の小さな島だ。学校の近くに来たら子どもたちの声が聞こえる。

「あれ、学校やってるんじゃないか。君たちはどうして行かないの?」

と聞いたら、寂しそうに笑っていた。後でマネージャーの坂田さんに聞いたら、年に五ペソ(十五円弱)のPTA会費が払えないで学校に行かせない親もいるとのこと。小さな島の中にも貧富の差があるのだろうか。

翌日、崎山さんに頼んで学校を訪問して、レスディ先生の五、六年のクラスで授業をした。

「アコ、マイストロ　ハポン…私は日本の学校の先生です。名前は、原田ですがみんなはダー先生と呼んでください。先生は、マイストロのことです。では、初めにユポイヤイヤイという歌を歌いましょう」

みんなキラキラ光る眼で「ユポイヤイヤイ」を歌ってくれた。とにかくかわいい。

「OK、次は外へ出て、手つなぎ鬼をやろう。アコ（私）リーダー。アコ、イゴ（さわる）ドース（二つ）ブアッグ（分かれる）OK」

崎山さんが百の言葉を覚えていれば役に立つよ、と書いていたのでそれだけは覚えて行ったのが役に立った。みんなすぐにルールを覚えて大騒ぎ。ダー先生が追っかけるのをキャアキャア言いながら逃げ回る。一年生から四年生の子どもたちも周りに集まってくる。

「OK、次はドッジボールだよ。ララーキ（男）とババーイ（女）に分かれてやろう。アコ…ババーイ。レスディ先生…ララーキ。OK」

「線から出たらダメ。当たったら外に出る。外の人は当てたら中に入っていい」

細かいルールは坂田さんが教えてくれる。強そうな男の子にはボンボンぶつける。レスディ先生も夢中になってくる。ワイワイ、キャア、キャア楽しいひとときになった。

ユポイヤイヤイ　エーヤ

その日の夕方、ダー先生のバンガローの近くに住んでいるディビーナと従妹のアンアンが遊びにやってきて、

「ユポイヤイヤイ　エーヤ」と歌い出す。小さい子もやってきてみんなで歌う。

次の日から、島を歩くと、

「ダーセンセイ、ダーセンセイ」

と声がかかる。みんな覚えてくれたようだ。みんなに早く覚えてもらおうと船長帽子をかぶっていたのが功を奏したのだろうか。

「ダーセンセイ、ゲームやろう」

ドッジボールのことだ。教会の近くの広場で、ララーキとババーイに分かれてやる。学校に通っていないジェシーたちも仲間に入ってきた。当然、ダー先生は女子のババーイ側だ。最初のうちはババーイチームが勝った。

「よし、みんな集まって。エイエイオー」

と気勢をあげた。ところが、さすがララーキたち。だんだん強くなってババーイチームが負け出す。

「集まって…エーン」

女の子がみんなダー先生にならって泣きまねをする。これが受けた。お母さんたちも小さい子を腰に抱いて笑いながら見学している。そのうちババーイは全然勝てなくなり、「エーン」ばかりになってきた。ところが、ジェシーがわざと女の子に当てられてゲームをおもしろくする。なかなかやさしい少年だ。

翌日、近くのクアミン島を訪ねた。学校前の広場でちょうど音楽の授業をしていた。歌が終わって拍手をしたら子どもたちがダー先生に興味を持ったようだ。教室に招待された。先生に、

「いいかい?」

と聞いたらOKの返事が出たので、ジャンケンゲームをして遊んだ。次は、山賊の歌だ。

「あーめ、アーメ　がふれば　ガフレバ」

フィジーでジャスコたちが歌って盛り上がった山賊の歌がここでも大合唱になった。みんな明るくて楽しい子たちだ。こうやって毎日子どもたちと遊んで、予定の三日間が過ぎた。でもダー先生にはあと四日間休暇が残っていた。

「崎山さん、カオハガンは素晴らしかった。ありがとうございます。私は今、永住の地を探しています。後四日休みがあるので、フイリピンのどこかいい所を紹介して下さい」

とお願いした。

「原田さん、それなら学校の先生のレスディの故郷、シキホールに行ってみたら？　私も一度行ったことがあるけれど、いいとこだよ」

とシキホールを推薦してくれた。そこで早速レスディに話をしたら、

「自分の女友達がちょうどシキホールのティカロールというホテルで働いているので紹介状を書いてあげよう」

と手紙を書いてくれた。ただし、電話番号は分からなかった。

「今日でダー先生はさよならだよ。アット　コ　サ　セブ。セブに行くんだよ」

といったら、たくさんの子が見送りに来てくれた。ディビーナもアンアンもエルマもテリアコもジェシーもいた。いつまでも岸で手を振っている子どもたちを見ながら思わず涙

が浮かんでくる。たった三日間しかいなかったのにもう一年も一緒にいるような楽しい思い出ができた。素晴らしい子どもたちとの出会いだった。

「アコ、バリーク…また戻ってくるよ〜」

シキホール島

セブに着いてシキホール島に行きたいんだがと尋ねたら、もうすぐ船が出るという。予約も何もしていないけれど、行けばなんとかなるだろうと軽い気持ちで船に乗り込む。ところが意外に時間がかかって、シキホールに着いたのが夜の一〇時だった。船のボーイに頼んでいたので何とかタクシーを見つけてくれたが、そのタクシーがいわゆる白タクだった。というより、どうやら正規のタクシーなんてない島のようだ。

「ティカロールビーチというホテルを知ってるか?」

と聞くと、

「一回行ったことがある」

というので、二人組の白タクに乗り込んだ。二十分もしたら車が停まった。ホテルなんてどこにもない。暗い所だ。車はここで止めてここからは歩くと言う。そして、ダー先生たちの荷物を持って暗い脇道を下り始めた。暗いのでよく分からないが、椰子の木の間の道なき道を歩いているらしい。波の音も聞こえない。

「これはおかしいぞ。こんな所にホテルがあるはずがない。ひょっとしたらこの二人は強盗かもしれない」

わずかな月明りで見つけた棒っきれを握りしめ、いつかかってくるかとヒヤヒヤしながらものの一〇分も歩いたら、犬がワンワンと大声で吠えてきた。その声でパッと明りがついた。周りを見ると一軒のコテージがあり、そこから女性がにこにこと顔を出していた。

「ここはティカロールビーチですか？」

「ええ、そうですよ」

「私たちはカオハガン島からマディさんを訪ねてきたのですが、あなたがマディさんですか」

「いえ、私はメリアン。マディの義理の妹です。マディには明日会えますよ」

「実は二〜三日滞在したいんですが、部屋は空いていますか？」

「ええ、ラッキーですね。ひとつコテージが空いてますよ」

わあ、助かった。この二人は強盗じゃなかったのだ。

「ありがとう。サラマット」

とびっきりのジャパニーズスマイルで心からの感謝の気持ちを表し、その手に百ペソ(三百円)包んであげた。命が助かったのだから、安いチップだった。

「何か飲みますか?」

「ええ、サンミゲル(ビール)をください」

これがメリアンとの運命的な出会いだった。メリアンはダー先生にビールを、二人のタクシードライバーにはコーラを出して歓迎してくれた。二人が帰った後も夜中の一時頃まで話をする。今会ったばかりなのにもう一〇年も前からの友達のような歓迎ぶりにほっとする。

ティカロールビーチはメリアンとスイス人の友人のフランカと女性二人で十二年前に始めたそうだ。広い敷地にコテージが二軒しかない。静けさを売りにしている。コンクリートの大きな道を作るとバイクが入ってくるので、上のハイウエイから歩いてしか来れないようになっている。すぐ目の前がきれいな海で、この時期は島の反対側に季節風が吹いているのでこちら側は風が吹かない。海に面しているのに波の音がしなかったのはそのせいだ。湖のように静かな海だ。朝夕、その海を漁師のサカヤンという小舟が音もなく通る。手漕ぎなので全く音がしない。まるで墨絵のようだ。潮が引いていると朝夕島の人たちはバケツなどを手に持ち、ウニを採ったり、貝を探したりしている。その貝の探し方がおもしろい。たまに砂の上に出ているのもあるが、大抵は鉄の棒で砂をつついていく。貝が鉄の棒に驚くと潮を吹く。わずかな量の水だが、島の人は目ざとく見つけるとそこを掘る。すると中から五〜六センチの赤貝が出てくる。自分もまねしてやってみたが、結構難しい。それでも一時間に一〇個程の貝を見つけることができた。ナマコも採れる。砂に描かれた穴の形で白ナマコを見つけている人に会った。ひとつもらって食べてみたが、クラゲのようにこりこりしていておいしい。時々、鍋釜を持ってきて、採れたばかりの小魚やウニ、貝、ナマコをおかずに食事をしている光景に出会う。とてものどかで見ていて平和だなと思う。島の人の食生活はとてもシンプルだが、椰子の実はいっぱいあるし、それにマンゴーやパパイヤ、バナナを食べ、海の幸を食べれば十分なのだ。食べ物に困ることはない。だから、あくせく働くこともしない。

意外なことに南の島なのにあまりのどが乾かない。三度の食事のときにジュースやビールを飲んでいれば、日本のように「麦茶、麦茶」と一日中大騒ぎをすることもないし、汗もほとんどかからない。三四度あるというのに木陰に入ると気持ちがいいし、朝夕はさわやかだ。

ティカロールビーチにはもうひと組、カナダ人の若いカップルが滞在していた。ダー先生は早速声をかける。

「ハーイ、こっちに来て一緒に食事しないかい?」

「いいよ」

これがカナダ人のロバートとディアナとの初めての挨拶だった。それからは帰るまで毎度一緒に食事をした。ロバートたちはカナダから韓国に派遣されて、今は韓国で英語の先生をしていた。自分もレバノンやクウェート、オランダで先生をしていたんだよと盛り上がる。最初はおとなしめの二人だったが、そのうちマージャンを教えてくれと言うので教えてあげる。メリアンやマディも仲間に入る。フィリピンでもマージャンをやるそうだ。ただフィリピンのマージャンは一七牌で、しかも大きな牌を使う。ルールも大雑把なところが南の島らしい。ロバートはすっかり虜になって毎晩マージャンをやった。

二日目にロバートたちと一緒に島めぐりをした。ジプニーというジープとトラックを足して二で割ったようなタクシーに乗って回る。およそ半日かかる。平塚市、伊勢原市、大磯町を合わせたぐらいの島だ。車はほとんど通らない。緑がとても多くてどこの家もきれいに花を飾っている。ブーゲンビリア、火炎樹、ハイビスカス、蘭、それに名も知らない南の花…静かできれいな島だ。学校帰りの子どもたちを見ると、つい嬉しくなって、

「マーヨンハポン…今日は」

と声をかける。と、どの子も笑顔で手を振って返す。かわいい子どもたちだ。

島の真ん中の小さな山を越えて反対側に出ると、岩が多いきれいな海に出る。山の中には、小さな滝もあり川も流れている。小さいけれど変化に富んだ島なのだ。

三日目にメリアンが今晩フィエスタ（お祭り）でディスコがあるので行かないかと誘う。ダンスは苦手だが、折角シキホールに来たんだから、ここのディスコはどんなものか見てみようという好奇心にかられて行くことにした。あまり乗り気でないロバートたちも誘う。ところがあいにくトライシクル（横に人が乗せられるようにしたバイクの乗り物）に乗って行く途中、雨が降り出した。ディスコ会場のバスケットコートに着いても止まないので、隣の小さな部屋に入って雨が止むのを待つ。ところが、ディスコだというのにその中に子どもがたくさんいる。雨はなかなか止みそうにないので退屈している。

「ハーイ、みんな。アコ　マイストロ　ハポン。日本の学校の先生だよ。ちょっと一緒に

遊ぼう」

といってハンカチ取りゲームを始めた。みんなやることがないのでこの変な日本の先生と夢中になって遊ぶ。ダー先生がどんどん勝ち進むと、がっちりしたおじさんが俺もやると出てきた。その自信満々のおじさんにフェイントをかけて早業でやっつけるとみんな大喜び。負けたおじさんは、

「よし、それじゃフィリピンゲームだ」

といって、似たようなゲームをダー先生に仕掛ける。やはり経験の差でこれはダー先生の負け。負けたダー先生はこのおもしろいおじさんとがっちり握手。みんなヤンヤヤンヤの拍手だ。それが終わったら村長さんに、花火を持って来たんだけれど、危ない花火でないのでこの部屋の中でやってもいいかとメリアンに話してもらう。村長さんの「ＯＫ」の返事で子どもたちと若い女性たちに線香花火を配って回る。次々に煙が上がって部屋中煙だらけになる。小さな部屋の中での突然の花火大会に、外にいた人たちまでが何ごとかとのぞきに来る。さっきのおじさんがビールを持って注ぎにくる。

「タガーイ…かんぱーい」

今日会ったばかりなのに、もう友達になっている。雨なのに最高に盛り上がった楽しい

夜になった。

ティカロールビーチの海は美しい。砂浜は真っ白なサンゴの砂。満潮時はその砂の上まで水が満ちてくる。真っ白な砂の上にきらきら光る水。透明感抜群でとてもきれいだ。海は遠浅になっていて五〇メートルも入るとソフトコーラルが広がる。ダー先生の大好きなアミーゴ(友達)、クマノミにも会える。夜になると島の人たちは椰子の葉っぱに火をつけたたいまつを持って浅瀬を歩きながら、カニやタコ、イカ、エビ、小魚を探す。その火が幻想的で神秘的で美しい。夜の浜辺を歩いていると、足下でボーッと灯りが光って消えて行く。まるでホタルのような光だ。ひょっとしたらこれは海ボタルなのではないだろうか。本物のホタルも浜辺にいた。外で海風に吹かれて食事をしていたら、突然停電になった。ろうそくの灯りでロマンティックな夕食になったのを喜んでいたら、真上の椰子の木々の間にピカッピカッと光るものがある。月の明りが葉の影から洩れているのかなと思っているとその明りが動いて行く。ホタルだった。南の海の側で、しかも椰子の木陰にホタルを見るなんて思いもしなかったので、とてもロマンティックな気分になった。

シキホールの四日間はとても素晴らしい、幸せな気持ちにさせられた四日間だった。緑いっぱいの島、真っ青な海に真っ白なサンゴの浜辺、いつもさわやかな風が吹き抜けるティ

やしの木とクマノミ

絵・相田成美

カロールビーチ。その美しさはもちろんだが、かわいい子どもたちとティカロールビーチの人たちの温かい家庭的な対応にほっとするものを覚えた。崎山さんに紹介されて本当に良かった。いつでも来れる所、また来たい所ができた。

「アコ　バリーク。また来るよ。サラマット ありがとう。メリアン、ティカロール」

思いもよらないクリスマスプレゼント

その年のクリスマスにメリアンから電話が入った。フイリピンから帰ってきて初めての電話だったので、何ごとだろうと電話をとると、それは驚くべき内容だった。

「ミスターハラダ。元気ですか。実は、あなたたちが帰ってしばらくしてスイスからパートナーのフランカがやってきました。フランカは看護師ですが、もっと勉強をするために上級の看護学校へ行きたい、そのためにはお金がいるのでミスターハラダ、あなたが泊まったコテージとその周りの土地二六〇〇㎡を売りたいと言い出したのです。それを聞いてイタリア人やドイツ人がほしがっていますが、私の隣人になってほしい人はあなたしかいないと思ったのです。私はあなたが島の子どもたちと遊んでいる様子を見て、本当に子どもの好きな人なんだなと思いました。また、うちのコテージに二軒ともお客が入ったことは何度もありますが、あなたのように他のお客さんと一緒に食事をしたり、遊んだりした人は初めてです。そこで、私は、フランカに頼みました。そのコテージを売る相手として一番にミスターハラダに連絡させてほしいと。フランカも私の話を聞いてオッケイをしました。急な話ですが、あなたは永住の地を探していると言ったでしょう。そしてもしシキホールに売りに出た土地があったら紹介してほしいと言ってたでしょう。まだその気持ちが変わっていなければ連絡して下さい」

ダー先生はこの話にびっくりした。永住の地を探しているのも事実だし、シキホールが好きになってこんな所に住めたらいいなと思ったのも事実だ。でもそれは退職してからの話で、こんなに早く話があるとは思ってもいなかったので、早速妻と相談をした。

「去年、イスタンブールへ行く予定が飛行機が取れなくて、急きょフィジーに行ったでしょう。フィジーの青い海とナナヌイラの島の子どもたちと出会って良い旅になったでしょう。

そして今年は、崎山さんのカオハガン島、真っ青な海とかわいい子どもたちに囲まれて幸せだったでしょう。そしてその崎山さんから紹介された島がシキホール。何か青い海でつながっているみたい。しかもこの話がクリスマスにあるなんて、これも何かの縁かもしれないわ」

妻の言う通りだった。ダー先生は昔から海の側に住みたいなと思っていた。教員試験を受けたのもみんな海に面している所だった。平塚に赴任が決まった時も海が近いので喜んだ。中学校の時、歌が大好きで友達のヤッちゃんに頼まれて何度もボーイソプラノで歌った歌が、島崎藤村の『椰子の実』だった。その頃から自分の心の中に「南の島への憧れ」が生まれていたのかもしれない。あまり映画を見る方ではないけれど、「南太平洋」とか「チコと鮫」、「青い珊瑚礁」など青い海が舞台になっている映画はよく見ていた。

「南の島に住むのか……」

南の島という言葉の響きに酔っていた。

「よし、決まった」

ダー先生は翌日にはメリアンに電話をしていた。

その翌日、担任をしていた六年生のあすなろっ子に話をした。

「みんな聞いてくれ。先生は以前から海の側に住みたいという夢を持っていたんだけど、その夢がかなって、南の島のビーチを手に入れることになったよ。君たちも夢を持って、それに向かってがんばっていけばいつか夢がかなうよ。先生でもかなったんだからね」

「ワー、いいな～。南の島に住むの？」

「ハメハメハ大王だね」

「私たちも連れてって」

「もちろん遊びにおいで。君たちが泊まれるコテージをこれから造っていくからね」

「同窓会を南の島でやろう」

「うん、いいね。大歓迎するよ」

これからこの子たちは、中学、高校、大学と進んで行くうちにいろんな辛いことに出会うかもしれない。そんな時に、

「そうだ。南の島にダー先生がいるんだ。ダー先生の所に行ってみよう」

そう思って来てくれると嬉しい。南の島にはそんないやし効果もあるように思える。

「君たちと夢を共有しよう。待ってるよ」

ワイワイ騒いでいる子どもたちのうれしそうな顔を見ながら、ダー先生は彼らがいるう

ちに夢をかなえてよかったと思った。

知らない外国の土地を手に入れるには、信用のおける弁護士に依頼しなければ……。翌年の三月、ダー先生はカオハガンの崎山さんに連絡をして、崎山さんの弁護士のダニー弁護士を紹介してもらった。ダニーさんの調査で登記はきちんとされている土地だったので、仮契約をして八月に本契約をした。

早速メリアンと相談して、あすなろっ子たちの泊まれるコテージ造りをスタートした。コテージの設計は妻がした。結婚するまで彼女にこんな才能があるとは思いもしなかったが、今住んでいる平塚の家も彼女が設計したもので、とてもよくできている。シキホールではニッパヤシという葉っぱで屋根を葺くことが多いが、彼女はフィジーのようにコゴンという茅のような草で葺いた屋根を希望した。メリアンは実に良く仕事をしてくれた。ダー先生たちはいつも日本にいる。冬休み、夏休みの時にしか来れない。ここの大工さんはいくらで請け負うというやり方はあまりしない。

「木材を何本調達して。コンクリート何袋。コゴンがまだ足りない」

と大工さんのいわれるままにメリアンが全部材料を調達してくる。その間、おやつと軽い昼食も作って出す。終わったらトバ酒を振る舞う。休みの度にコテージは確実に出来上がって行くのが分かる。八か月して最初のコテージができあがった。

「メリアンありがとう。給料も払っていないのにこんなにがんばってくれて…」

「ミスターハラダ、私の方こそありがとう。あなたのお陰で村の人たちが働くことができる」

メリアンは敬けんなクリスチャンだ。ティカロールビーチにはいつも誰かが居候をしている。今はコゴンを育てている家のジョバードという十五歳の少年を預かってビーチの仕事を手伝わせながら、学校に通わせている。ジョバードの家は八人兄弟で生活が苦しいらしい。頼まれたらノーと言えないメリアンはこうやっていろいろな人を預かっている。ダー先生のお陰で島の人が仕事にありつけるのが心から嬉しいようだ。今年までに三軒のコテージが出来上がった。この夏からレストランの建設もスタートした。

ダー先生は来年（二〇〇四年）春には学校を辞め、ここに永住することに決めている。

二〇〇四年夏には、ホテルもレストランもオープンしたいなと思っているが、まだやらなければならないことがいっぱいある。それを自分だけでなく、日本にいるリタイアした人で、いろいろな技術を持っている人に一緒にホテル作りの楽しみを味わってもらえたらなと思っている。家具を作ってくれたり、コテージの手直しをしてくれたり、庭造りを手伝ってくれたり、レストランのスタッフにパンの作り方や調理の仕方を教えてくれる、そんなボランティアの人がいたらなと今探しているところだ。この本の読者の方で、手伝うよと言われる方がおられたら嬉しい。

ダー先生のビーチは、一年中暖かくて過ごしやすい。特に、四月から九月までは、湖のような波のない静かな海だ。まだ、リゾート化されていないので、一人だけの静かな海を楽しむことができる。長い間、会社や学校のために働き通して、ちょっと一息つきたいなという人には、この静けさは最高だ。そんな人にロングステイしてほしい。また、ファミリーにも最高だ。お母さんがビーチで好きな音楽を聴いたり、本を読んでいる目の前で、子供達がシュノーケルでクマノミを探している。夜は、家族だけでビーチで食事をする。家族だけの時間を誰にも邪魔されずに持つことができる。

完成したコテージと島の人

ホテルの仕事をしながら、近くのカレッジで日本語を教えたりして、いつまでも若い人たちと接点を持っていきたい。今までの教師としての経験、赤十字のボランティアとしての経験を生かして、自分が、シキホールという島の中で島の人たちのために、特に島の子どもたちのために何ができるか、これからゆっくり考えながらやっていこうと思っている。ヒーナイ、ヒーナイ。ゆっくりゆっくり。時間はいっぱいあるから。

エピローグ

ダー先生は毎朝、子どもたちより早く教室に行き、子どもたちを教室で迎える。

「おはよう。おや、今日は元気がないぞ。お母さんとけんかしてきたのかな?」

休み時間は、会議などない時は、外に飛び出して行って一緒に遊ぶ。遊んでやるのではなく、子どもになりきって一緒に遊ぶ。Sけん、帽子取り、目玉焼き、ドッジボール。

「先生、入れて」

昨年教えた五年生のあすなろっ子も入ってくる。

給食も子どもたちの中に入っていろんな話をしながら一緒に食べる。

「先生、今日はうちの班に来てよ」

「今日はじゃんけんで決めようかな」

「ワーイ、やった〜。勝ったぞ」

「先生、昨日スイミングで合格したよ」

「やったね。おめでとう。おーい。みんなアヤちゃんがスイミングで合格したんだって、乾杯しよう。かんぱーい」

掃除も一緒にするし、花の世話も子どもと一緒にする。

「今日はパンジーの植え替えをしなくちゃ」

「先生、掃除が終わったら手伝いに行くよ～」

「ありがとう。待ってるよ」

放課後は最後に残った子を昇降口まで送る。

「さようなら。先生、今日は遊べないの？」

「五時なら会議が終わってるかな」

「じゃあ、五時に来てね。待ってるよ～」

これが、ダー先生の一日だ。いつも子どもに囲まれての毎日だ。

ダー先生のクラスの合い言葉は「あすなろっ子になろう」だ。

「最近すごいね。がんばってるね。あすなろっ子になってきたよ」

「ユータがそんなことするなんて、あすなろっ子かな」

「ごめんなさい」

あすなろっ子という言葉の中にダー先生の思いが全て込められている。子どもたちもそれが分かっていて、あすなろっ子になれるようがんばる。男子も女子もいつも一緒に遊んだり、活動をしているので、みんな仲良しだ。お互いの良さを認めあうので、いじめも不登校もない。

先生大好き、友達大好き、あすなろクラス大好き、学校大好きになってくる。

ダー先生は、そんなかわいいあすなろっ子との生活に終わりを告げ、二〇〇四年からフィリピンのシキホール島に渡る。南の島に渡ればいくらでも時間があるので、そこでこの本を書き上げようかとも考えたが、今、目の前にいるかわいい四年生のあすなろっ子たちに、ぜひ読んでほしいと思って、やさしく書き上げたものだ。表紙の絵も本文中のカットもあすなろっ子たちが協力してくれた。あすなろっ子たちと作りあげた本…子どもと共に歩んできた自分に一番ふさわしい作品になったと思う。あすなろっ子のみんな、ありがとう。

表題は「ダー先生とあすなろっ子」にしようと思っていたら、妻が、「こんなにいろいろな活動をやってきても校長先生になれなかったんだから、『おちこぼれ?』の方がいいんじゃないの?」と言うのでおちこぼれにした。自分では、おちこぼれだとは思っていないが、世間的にはおちこぼれなのかもしれない。

南の島に渡っても子どもたちとのふれあいのない生活はできそうにない。もし日本で、今、学校に行けず悩んでいる子どもたちがいたら、南の島で迎えてあげたい。

「悩んでいないで、ダー先生のいる南の島にいらっしゃい。毎日、青い海でクマノミと遊んだり、島の人の笑顔にふれていたら、自分の悩みなんてちっぽけなものなんだなと思うようになるよ」と。

著者プロフィール

原田　淑人（はらだ　としと）

大分県出身
出身校　大分県立舞鶴高校、中央大学
昭和43年4月　平塚市立崇善《そうぜん》小学校に赴任
昭和50年4月　ベイルート日本人学校へ
昭和50年11月　クウェート日本人学校に転任
昭和53年9月　ベイルート日本人学校に復帰
昭和59年4月　崇善小、金目小を経てオランダ日本人学校に赴任
平成7年　神田小を経て平塚市立山下小学校へ。平成16年まで勤務
平成16年4月よりフィリピンのシキホール島に永住。ビーチリゾート「ヴィラ マーマリン」を経営しながら、NGO「シキホールズ エンジェル」を作り、島の子どもたちのためにボランティア活動をしている。

メールアドレス
　dagman38@yahoo.co.jp

ホームページアドレス
　http://www.marmarine.jp/

ダー先生はおちこぼれ？　**ベイルート日本人学校最後の教師**

2003年12月15日　初版第1刷発行
2006年6月20日　初版第3刷発行

著　者　原田 淑人
発行者　瓜谷 綱延
発行所　株式会社文芸社
〒160-0022　東京都新宿区新宿1－10－1
電話　03-5369-3060（編集）
03-5369-2299（販売）

印刷所　株式会社フクイン

ISBN4-8355-6737-4

日本音楽著作権協会（出）許諾第0312984-301号